科幻文学群星榜

华语实力科幻作品
群星奖大满贯

永恒之城

潘海天——著

民主与建设出版社

·北京·

图书在版编目（CIP）数据

永恒之城 / 潘海天著 . — 北京：民主与建设出版
社，2022.2

ISBN 978-7-5139-3767-2

Ⅰ. ①永… Ⅱ. ①潘… Ⅲ. ①中篇小说—小说集—中
国—当代②短篇小说—小说集—中国—当代 Ⅳ. ① I247
.7

中国版本图书馆 CIP 数据核字（2022）第 036846 号

永恒之城
YONGHENG ZHI CHENG

著　　者	潘海天	
责任编辑	廖晓莹	
封面设计	宋双成	
出版发行	民主与建设出版社有限责任公司	
电　　话	（010）59417747　59419778	
社　　址	北京市海淀区西三环中路 10 号望海楼 E 座 7 层	
邮　　编	100142	
印　　刷	三河市冠宏印刷装订有限公司	
版　　次	2022 年 2 月第 1 版	
印　　次	2022 年 4 月第 1 次印刷	
开　　本	880mm×1300mm　1/32	
印　　张	7.5	
字　　数	165 千字	
书　　号	ISBN 978-7-5139-3767-2	
定　　价	29.80 元	

注：如有印、装质量问题，请与出版社联系。

《科幻文学群星榜》编委会

总策划：**李继勇** 北京书香文雅图书文化有限公司总经理
主　编：中国科普作家协会科幻专业委员会
总统筹：**韩　松　静　芳**

编委会：

想象新时代

　　"科幻文学群星榜"是由中国科普作家协会科幻专业委员会联合其他科幻组织共同推出的一套科幻书系。这是一个规模庞大的工程，目前来看，也是独一无二的工程，基本囊括了中华人民共和国成立以来老中青几代具有代表性的科幻作家的佳作。这些作家的年龄，最早的是20世纪20年代出生的，最晚的是"90后"。

　　科幻文学作为一种年轻的文学品类，本身就是现代化的产物。1818年，世界上第一部科幻小说《弗兰肯斯坦》诞生在第一个实现革命的国家——英国。然后，科幻文学在法国、美国、日本等工业化国家繁荣起来，进入蓬勃发展的黄金时代。科幻作品反映着科技时代人类社会的变迁和走向，反思当代人类面临的多重困境，力图打破所谓世界末日的预言，最终描绘出一个五彩斑斓、生机勃勃的新未来。

　　早在20世纪初，中国的一些有识之士便把科幻作品译介进来，掀起了第一次科幻热潮。它承载起"导中国人群以行进""改变中国人的梦"的使命。20世纪50年代至60年代，随着中国的工业和科技体系的建立，科幻作家们以满腔热情擘画了一个欣欣向荣的新世界。1978年改革开放后，中国再次向现代化进军，科幻迎来新的勃兴。作家们满怀豪情地书写科学技术为实现现代化，为谋求人民的幸福生活所创造出的神奇美景。进入21世纪，随着新时代的来临，这个文学门类也进入成长的新阶段。随着《三体》等作品的问世，中国科幻迎来了新一轮热潮。作家们描绘着古老的中华民族在实现全面小康和建成现代化强国的过程中所面临的新机遇、新挑战，谱写着中国走向世界、步入太阳系舞台中央并参与宇宙演化的新篇章。

科幻文学的发展折射着中国国运的巨大变迁。当今，海内外不同领域的人们对中国的科幻文学的空前关注，实际上是关注中国的未来，关注世界第二大经济体将如何持续演进，关注14亿人的创造力将怎样影响这个星球。从现实意义上来说，这套书系不但包含这些丰富的信息，而且集中梳理了新中国科幻文学取得的辉煌成就，整理出新中国科幻文学发展的广阔脉络；而且从一个特殊的侧面，反映了中华民族从站起来、富起来到强起来的进程，见证着中国走向更加灿烂辉煌的未来。

这套书系具有以下三个特点。

一是权威性。它由中国科普作家协会科幻专业委员会主持编选，并与国内多个科幻文化组织合作，得到了包括中国科普作家协会科学文艺专业委员会、《科幻世界》杂志社、南方科技大学科学与人类想象力研究中心、未来事务管理局、八光分文化、重庆钓鱼城科幻中心等的鼎力相助。编者从中华人民共和国成立以来的海量科幻文学作品中，精选出足以体现时代特征的作品。收入书系的作者，涵盖了雨果奖、银河奖、星云奖、晨星奖、光年奖、未来科幻大师奖、引力奖、水滴奖、冷湖奖、原石奖、坐标奖、星空奖等中外各类科幻大奖的获得者。

二是系统性。它收集了中华人民共和国成立以来不同时期作家的代表作。作者中有新中国科幻奠基者和老一代作家，如郑文光、童恩正、萧建亨、刘兴诗、潘家铮、金涛、程嘉梓、张静等，也有改革开放后崛起的新生代作家，如刘慈欣、王晋康、何夕、韩松、星河、杨鹏、杨平、刘维佳、赵海虹、凌晨、潘海天、万象峰年等，以及以"80后"为主体的更新代作家，如陈楸帆、飞氘、江波、迟卉、宝树、张冉、程婧波、罗隆翔、七月、长铗、梁清散、拉拉、陈茜等，还有在21世纪崛起的全新代作家，如杨晚晴、刘洋、双翅目、石黑曜、王诺诺、孙望路、滕野、阿缺、顾适等，从而构成比较完整而连续的新中国科幻光谱，同时也是对中国科幻文学发展历史的一次系统检阅。

三是丰富性。它比较全面地展现了广域时空中新中国的科幻生态和创作风格。这里面既有科普型的，也有偏重文学意象的；既有以自然科学为主体的"硬"科幻，也有侧重社会现象的"软"科幻；既有代表科幻未来主义的，也有反映科幻现实主义的；既有传统风格的写法，也有实验性质的探索。作品的主题涵盖了中国科技、社会、文化和民生的热点。从中可以看到，一个曾经积弱的民族，如今正活跃在地球内外、大洋上下、宇宙太空、虚拟世界、纳米单元、时间航线、大脑意识等各个空间。这里有中国政府和人民引领抗击全球灾难的描述，有脱贫的中国农民以新姿态迈出太阳系的故事，也有星际飞船和机器人在银河系中奏唱国际歌的传奇。

这套书系力求构建起一个灿烂的星空，并以此映射人们敏感而多样的心灵。爱因斯坦说，想象力比知识更重要。科幻是相伴人类发展进步而产生的新兴事物，是一个民族想象力的集中反映，是科技创新的艺术表达，在人们面前呈现出一幅幅奔向明天、憧憬和创建未来的美好画卷。许许多多杰出的科学家、工程师和企业家在年轻时受科幻文学的熏陶和影响，因此走上了创造神奇新世界的道路。中国正在稳步建设创新型国家，需要更多富有创造力的人才。科幻文学也肩负着实现中国梦的责任，在点燃青少年科学梦想、激发民族想象力和创造力方面，起着不可或缺的作用。

这套书系将为广大读者，尤其是年轻人打开中国科幻和未来世界的门户，有助于人们拓宽视野、开阔思想、激发灵感、探索未知、明达见识。它也将进一步促进中外科幻、科技、文化和文明的交流，为人类的共同发展做出中国的一份独特贡献。

中国科普作家协会科幻专业委员会

2020年10月1日

创作谈

写作如做贼

　　写作是件很麻烦的事。要说写作中有什么乐趣，很难举出来，但说到不愉快的地方，那是比比皆是。

　　比如，你写作时，从来都是偷偷摸摸躲着人，不能有任何干扰，甚至连家里的猫摸过来都会让你烦躁不安。你得碰碰它的脑袋，把它领到洗衣间，看看它的食水碗是不是满的，然后把它锁在里面，当然得先安慰它十几分钟，以免它记仇。至于家里人，你还得想办法骗他们出门去，去逛街、逛游乐场、逛公园。一节辅导课当然不行，时间太短，你拼命地替儿子报了七八个班，并不顾忌他那仇恨的目光。这也不够保险，最好是深夜，家里人都已沉沉睡去，万籁俱寂，再也没有电话会突然打进来，再也没有快递员突然敲门，你一个人躲在黑暗中，沐浴在电脑的光辉里，读着好几天之前的稿子。你蹑手蹑脚，屏息前进，逐渐找到当时的节奏，渐渐物我两忘……突然一句"你还没睡啊"的问话，简直让你灵魂出窍，就像在野外撒尿被当众抓住，你不得不吞下脑子里刚刚涌出的文字，驱散刚刚走到身边的人物，把起夜的家人哄回卧室，恨恨地想着"书房没有装门果然不行"。写了一半的稿子是没法消失的，但再坐下来的时候，你可以选择"摸鱼"。于是你打开购物网站开始搜索"定制金库、保险库大门"……

写作会让你失眠，写完一天的量，也没几个字，可是已经到了深夜。你和文字搏斗得筋疲力尽，肉体困得要死，几乎是爬到了床上，可是胸口还是滚烫，大脑像坏了的机器，火花不规则地乱冒。你在床上翻来覆去，夹杂着烦躁、激动、幸福、不安等比例不等的复杂情绪，翻个身起来，绝望地看看手机上的时钟。你做足了梦，梦里还在打字，等到第二天手环告诉你深度睡眠不到半小时，你确实觉得精神不济，于是开始补觉，一天也就没剩下多少写作时间了，你只好再拼命地干到半夜……

写作时最好能不上班，不参加公司活动，更不能开会，如果你必须在会上发言，时长超过15分钟，还是那种头脑风暴的发言，那更是完了，因为说话特别消耗能量，一天的电都已经用完，得充电7小时才能重新开始思考。

写作时当然不能有户外运动。虽然外面阳光非常好，有人说写作写累了应该站起来运动一会儿，可有效消除疲劳，但有时候它也会演变成叠加了两种不同的累的疲劳：大脑的累和身体的累……

写作时要躲着编辑，因为他们会不停地催稿，会搅乱你的步骤。他们不知道有一种写作方法是拿到题目后读几遍，刻在脑子里，然后去干想干的事，比如打游戏、砍树、电影、读书、刷微博等。看上去你没有好好干活，其实潜意识里正逐渐把许多碎片拼贴成形，积累的碎片会越来越多。可是也不能完全躲着编辑，交稿时间还是有的，否则碎片永远收集不完，你要写的东西永远完不成。总之，时间能把你赶到电脑前，让你坐下来开始打字，像组俄罗斯方块似的开始拼碎片。如果你对组成一个故事的要素十分清晰，拼出一个完整的大纲是非常容易的。这也是创意型公司很难管理的原因：看着手下又打开一个游戏程序的时候，你不知道那些人是真的偷懒还是开始工作……总之这个度很难把握，你开始神经质地又想打开微信又想彻底卸载它。

写作时不能有一点儿噪音，你要把窗户关好，厚窗帘拉上；写作时要同时开启两个播放器，一个放你喜欢的音乐，一个放暴雨之前雷电交加的白噪音，写作的整个气势会被一下拔高起来，落笔自带风雷，一笔下去，闪电划破天空，激昂的音乐被隐隐的雷声压住，仿佛你的写作是世界上最重要的工作，主人公的命运影响着宇宙未来的走向。这一切都很美好。可是如果邻居开了除草机，那一个下午就完了，因为你得冲出去和他干架。最好是躲到山里，我听说有个作家就在山里买了栋小房子，刚坐下来打字，就听到"嗵"的一声，外面开始开山炸石，炮声隆隆……原来隔壁是个采石场，而且不开完整座山誓不罢休。

写作时，你甚至不能正常对话，因为你害怕被打断思路。当你正和家人喝着茶，突然两眼放空，对方不论说什么你都支支吾吾，快速点头，但还是很快露了馅。你的心思根本就不在生活本身中，老婆最受不了这个——你身体在这，魂却不知所踪。为此你收到不少白眼，而且被作为坏榜样教育孩子。你在她的教育下，不得不回归现实，一个劲儿地想你的生活到底是什么。

所以你到底图什么呢？比起写作，你觉得自己甚至更喜欢捣鼓那个总是花被养死的小花园，浇浇水，除除草，拔掉枯萎的花；你还可以自己挖个小水池，在水底铺上鹅卵石，种上睡莲，这样在鱼儿被白鹭和野猫吃完之前，你还有短暂的瞬间体会临渊之乐。生活如此直接地展示结局，不需要动一点脑筋就能看到，多么轻松惬意。

可是你总是忍不住回来，写下一点儿什么东西。可能是想讲一点点个人之外，事关更多人群的故事。你试图通过作品来描述人类，至少是一部分人类的生活，在遥远的时代和遥远的地方——也就是说，在现在，在我们当中，正在发生着的一些变化。

在你搞不懂什么是生活，什么是写作的时候，这看起来有点可笑。

想想看，你是那么害怕变化，略有出门的行程就让你焦躁不安。你只愿待在书房里，待在键盘前面，正好科幻小说尤其重视变化，而且它们的主人公常常遍及整座星系，乘坐着比光跑得还快的飞船。所以，这些科幻作家写的东西真的可信吗？

不管怎么样，这本书里就是我的部分作品。其作为一种结果，和失去的生活相比，不一定合算，但是我寻思着，在写变化的这一过程里，作家自己也在静悄悄地变化。

科学幻想小说，其实是技术幻想小说。科学知识冷冰冰的，全是公式，无所谓你的见解，它要么对，要么错，可是技术里却加入了一些人的因素。我们写的就是人，关于技术进步造成的人的变化，世界的变化。

写作的时候，与生活相比另有一番景象。有时候如徒手攀岩，有时候如高山速降，有时候如驾一叶扁舟在惊涛骇浪中摇摆，只要有一线希望便能脱困而出。你得找到那个出口，也许刚好能找到一把通往不平庸的钥匙。

你开始知道了不应该与生活抗拒，执着于对错就会陷入二元对立，所有挂碍都是生活的一部分。

或许，写作就是无穷变化生活中的一条毛巾。我们死死地抓住它，可能是希望在无穷动中，找到一点儿稳定的、温暖的东西，从而获得某种心灵平静。

我还在找它。

目 录

Catalogue

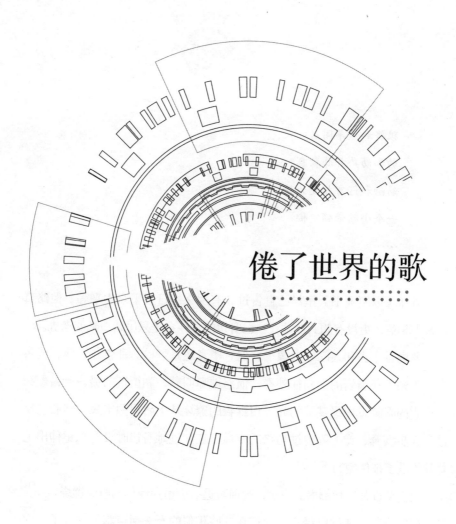

倦了世界的歌

狼将和羔羊同居一穴，

豹和幼羚并卧歇息，

幼狮和仔畜相处为伴，

一个小孩带领它们。

······

　　虽然《以赛亚书》里早已宣告过，有那么一日天下众生平等，但路真从来不相信，更没有想到过站在自己身边的伙伴会是只吊睛白额的老虎。

　　老虎看上去和人已经很像了，但它毕竟还是野兽。那会儿，他，或者它，正贴着花岗岩的街角往外看，愤怒地嗥叫着，朝街道的另一侧猛烈扫射。它的眼睛发出绿荧荧的光，白森森的獠牙从上唇里翻出来。然后它反过身大步疾奔，像一阵卷过马路的旋风，在穿过她身边时没有忘记伸出毛茸茸的爪子拖住她的手。

　　他们穿过瓦砾和倒塌的凉亭，向前奔逃。街道在他们的后面燃烧。

　　被它拖着，使她已经忘记他们在这些相似的石头街道跑了多久了。它带着她，躲躲闪闪地穿过一条又一条阴森森的街道，两侧的石头建筑直刺云天，仿佛巨大的墓碑。现在她觉得厌倦了，无聊了。她机械地跟在老虎的后面。她听到自己的高帮皮靴的鞋跟敲打着那些石板地面发出的一连串节奏鲜明的鼓点。墓碑挨着墓碑。风从它们的缝隙中呼啸而过。

"你把我的头发弄乱了。"她说。

远处的花园正在燃烧，还有轰鸣而过的炮弹。他们冲进一辆漂亮车子燃烧冒起的黑烟中，黑色的粉末噼里啪啦地敲打在她的头上和脸上。她呼出一口气，就看到从黑烟中冲出一条透明的二氧化碳通道。现在她一定变得又黑又滑稽，比满脸花斑的老虎好不了多少。她想着想着，忍不住笑了。

老虎猛地在下一个街角停了下来。它呼呼地喘着气，仿佛一个600磅的皮毛风箱。它那皮毛下的肋骨剧烈地起伏着。

它转过身，把站在街心发愣的她一把拽到石头的阴影后面。"看，他们在那儿。"它说。钢针一样的胡子微微颤动。

她伸手去摸石砌街道上那些漂亮的拱券、花饰、线脚和须弥座。要是没有讨厌的声响，这儿应该会非常非常静谧。一排排亮着灯的窗户仿佛纪念碑上闪亮的装饰。它们安安静静地闪动、沉默，对脚下的炮火无动于衷。她知道它们为什么沉默。想要和它们交谈是一件非常困难的事，因为它们从来不轻易相信外人。石头总是这样，看起来冰冷坚固，可事实上却很脆弱。那是虚假的漂亮，它们就快死了。

老虎们的防线在缩小。即使不明了全部情况，她也发现了这一点。那些灰衣服的黑影越来越多，像蟑螂一样从建筑上一个个炸开的黑色洞口中冒出来。他们的坦克推翻石墙，碾过长满玫瑰的花园，步步逼进。

一枚240毫米的榴弹炮炮弹在那座最漂亮的建筑上爆炸了。精巧的斗拱、石拱券、装饰着浮雕的山花都崩塌成屑粉，雨点般洒落而下。花园被炸得粉碎，喷泉干涸了，雕塑精美的巨大佛像摔倒在地，断裂成三段。

"老虎，你们要失败了吧？"她说。

"老虎，你们的援军在哪里？"她说。

"老虎，你们的天堂在哪里？"她说。

它回过头，吼了一声，因为斜吊而显得格外凶狠的大眼里闪动着野性的光。但是她不怕它，她没什么可怕的了。

"你要是不喜欢，可以离开这儿。"它说。

"我当然可以走，我随时随地可以退出。坐在沙发上，按一下遥控器，我就醒了。"她说，"可是我醒了又能干什么呢？我的屋子里空荡荡的，它里面曾经有一个人……

"屋子里曾经另有一个人，不过他已经走啦。老虎，他的脸上可没你这么多毛。他喜欢爬阳光下的树，喜欢抱着枕头睡懒觉，喜欢叼着画笔画画，喜欢带汉堡去吃草。汉堡是我们养的鹿。它其实不爱吃草，因为它是绒布做的。"

风吹过这片巨大的墓碑森林。白色的粉屑纷纷扬扬地飘落，洒落在她身上，洒落在老虎身上。"下雪了。"她说。

老虎不再奔跑了。它压低圆乎乎的脑袋，把她按在堆满瓦砾的地下室里。装饰着太阳和铁十字花纹的坦克轰隆隆地从他们的头顶上开过，然后是那些散乱的端着机关枪的步兵们。

"我不明白，既然你不喜欢这个世界，为什么又要来。"它低低地说着。

"因为我不知道这儿是什么样的。就像在那边，我同样也没有祈求谁把我生下来。我很无聊，我没有看内容简介，我吃了药，我就来了。"

"你失望了？"老虎说。它的绿眼珠在黑暗中熠熠生辉。

"嗯，嗯。"她说，"猜也猜得出来，这也是他们写的故事呀。可是毕竟，毕竟要好一些。因为它是一个梦，我不用为我看到的东西伤心，不用负责。毁灭的东西可以再生；死了的战士可以复活；割裂了的艺术可以重铸。"她点着那些倒在地上碎裂的雕塑头颅、洒落在泥泞里的玫瑰花瓣、扭曲成蛇状的黑色铸铁栏杆。"再吃一粒药，它们又会从泥地中站起，重新变得完美无缺。"

"然后重新毁灭一次，再毁灭一次，然后再毁灭一次？"老虎问。

她头顶上的花园废墟里有什么东西在响。一小队正在搜索的敌方步兵突然出现在他们头顶上，一名头戴钢盔的士兵差点儿踩到脚下蹲伏着的这只毛色斑斓的庞然大物。他吓得面无人色，枪差点儿也掉落在地。她感觉到身边的老虎压紧了自己，仿佛把自己变成一根压得紧紧的弹簧。在他们还没来得及发出警报的时候，"弹簧"猛地松开了。老虎仿佛飓风一样从尘土中跃起。在如此近的距离，那只能是一场可怕的屠杀。她半蹲坐在长满绿苔的台阶上，阳光从地下室破裂的天花板间隙里落下，正好照在她的手上，无数的尘土在光柱里飞舞，然后落在她的手心里。她听到上面传来一声枪响、愤怒的叫声、惊惧的哀号、骨节折断声、肌肉撕裂声。只一会儿，老虎就回来了，它的身上溅满敌人的血。"快走。"它说。对她伸出了一只毛茸茸的爪子。

她跟着它逃跑的时候看到了那些断肢残骸，仿佛一堆脆弱的木偶，脖子折断了，胳膊可笑地耷拉着，血从他们灰色的帽子下渗出。

他们在坦克经过后的街道残骸中奔逃，热风从他们的背上呼啸而过。老虎紧张地四处张望。她躲在它宽厚的背后，可以看到野兽脖子上扭紧的肌肉，就像米开朗琪罗的雕塑一样，汗味像一股骚动的旋涡从它满是卷毛的身体中流出。

"生活本来说不上完美，"她跟着它跑，说，"对我来说也足够了。但后来他被叫走了，他们要他去研究所。他们喜欢他的大脑。他们告诉我他发明了伟大的钼弹，然后是氙气弹和离子弹。好消息总是不断传来。开始有人来采访我，采访我是如何做一名贤内助支持他的。可他还是不能回来看我。

"后来来的人少了，再后来就没有人来了。他们说他不想干了，还扬言要停止一切武器实验。所以他获得了诺贝尔和平奖。但他被流放了。"

空荡荡的越来越冷的屋子里只剩下她一个人对着镜子。镜子里的人多苍白啊。苍白得她都不敢看了。

情况仿佛越来越糟了。大口径炮弹一排排地呼啸着越过他们的头顶，落在城市的另一头，在那儿升起一朵朵高大狰狞的蘑菇状尘烟。

"我联系不上指挥部了，"老虎说，"现在不用等他们的命令了，我要直接送你去飞船那儿。我得带你去飞船。"

"老虎，我不明白他怎么能得奖，他的炸弹已经造完了。他已经把它放出来了，再怎么样也无法弥补了。他应该被枪毙，不是吗？"

老虎把滚烫的枪管倚靠在路灯柱的基座后面。它把它身上的弹药整理了一遍，把空的弹药盒扔在了地上。它还剩下三个弹夹和两枚手雷。"我不知道那么多，我只知道我们是在为自由而战——现在，你在这等我一会儿。"它急切地说，"拐过河堤我们就到了。可是我要先去看一看那儿是否有敌人。你要在这儿等我，别离开。告诉我你不会离开。"

"我不离开。"她说。

"很好。"它说完,最后看了她一眼,提起枪,猫着腰走了。拐角处有零乱的枪声。它那宽厚的背影消失在硝烟中。

"为自由而战,在那边我听了太多这样的话啦。"她说。一队灰衣服的敌人从街道的另一侧经过,他们没有注意到她。那些爱穿灰衣服的人,个子矮小,罗圈腿,留着小胡子,像老鼠一样鬼祟猥琐。他们邪恶、残忍,天生就是十足的坏人。他们当然得是坏人,宣传部总是要把敌人塑造得十恶不赦。所以他们从试管中诞生,没有孩子。他们不懂得爱,他们不懂得什么是美,他们只能是坏人。

她听到发动机的声音,街道抖动着,一辆画着太阳花纹的装甲车突然从老虎消失的硝烟中冒出来。机枪塔上蹲伏着几个灰衣人,他们对着她所在的方向指指点点,机枪塔慢慢地朝这边转过枪口。

她坐在马路牙子上,无聊地看着他们忙碌。机枪转过来了,第一次试射打断了她身后的路灯柱。他们没来得及瞄准第二次。一团橙黄色的影子从一扇燃烧的二楼的窗户中跃出,正好落在他们中间。她看到一些黑影在硝烟中扭动搏斗。她猜它会转过枪托,砸在他们的头上,然后再往炮塔中扔一颗手雷。

那辆装甲车爆炸了。笔挺漂亮的钢板在烈火中被烧得像皱缩起来的纸。

老虎回来了,血从它宽厚的胸肌里流出,滴答滴答地落在地上。

"你不用帮助我的。"她坐在它的肩膀上,晃着长长的腿,"如果我被子弹打中了,对我来说,不过就是惊醒在沙发上。夜很长,但我会一直坐着等待黎明。然后太阳就出来了。你可以在血红的光线中看到窗外那些慢慢沉淀的原子尘埃,好像雪一样,非常壮观。"

"对我来说不是这样的，"老虎一边说，一边背着她在满是瓦砾的小巷中穿梭，"他们告诉我你是我们最后的希望。你要是死了，我们就永远也无法取得胜利。"这只愤怒暴躁的野兽居然现出了一丝忧郁："他们说你和他们不一样。他们说你是来帮我们的。他们说你要把我们带走。你帮了我们很多。"

　　"我做不到，"路真说，"我救不了你们。我说了，我是来找梦的。我已经很久没有做梦了。那些都是假的，假的，是编出来的故事。这个世界都是编出来的。我付了钱，所以这个梦就是我的。"

　　"我不明白那么多。"老虎给它的枪换上了一个新弹夹，"对我来说这一切都是真的。我的族人们在他们的枪口下生活，被控制水电供给，被迫在他们的检查站出示身份证。我们被赶出了自己的家，被禁止生育，被限制自由，被一批批屠杀，人们还问我们为什么要起义！"它低低地嗥叫着："上帝既然创造了我们，就给了我们与人类平等的生命。人类如此聪明，为什么还要这样做？仅仅是因为我们和你们长得不像就害怕吗？"

　　"你说得对，老虎。"她说，"我们害怕野兽，虽然我们比野兽更残忍。我们历史上有一个人，他用眼角迸出的血杀死了老虎，他就成了英雄。这说明了我们是如此的害怕、胆小和怯弱。我从来没有见过如此聪明的人类。我从来没有见过如此愚蠢的人类。我从来没有见过如此善良的人类。我从来没有见过如此卑鄙的人类。他们爱自己的小孩，但摧残起其他人的孩子，却毫不手软。第一次、第二次都在上个世纪。他们失败了，但还在继续努力。现在他们正在进行第三次尝试。"

　　"既然你的世界那么糟糕，那你就留下来，留下来和我们一起。我们还有希望。"老虎说。它用那热切的琥珀色的目光望着她。鲜血流到了她的紧身裤上，黏黏的。

她摇头，微笑："我留不下来啊。不管夜有多长，梦终究要醒的，时间终究都要过去的。不管你多么不愿意醒来，最后还是得醒来。明白吗？这就是生活。"

他们到了河堤，看到了那艘流线型的飞船从破损的仓库里露出一角，又精神又漂亮。"我们到不了飞船那儿了。你赢不了，老虎。我们逃不出去的。"她说。

仓库前停着一辆坦克，一些持枪的灰色人在仓库前忙忙碌碌。他们已经发现飞船了。那辆坦克有一门250毫米口径大炮，它的反应式装甲喷着簇新的城市迷彩。漂亮的坦克。有人在炮塔里开着收音机，歌曲缭绕在废墟上空。他们胜局已定，因而悠闲自在。

"可以。也许我走不了了，但是你会活着离开的。"它说，"杀了他们，你就可以坐船离开。到月球上去吧，那儿没有血，没有你讨厌的爆炸。"

"都是假的，老虎，都是假的。"

老虎没有听她的。它纵身跳出掩体，扔出了最后一颗手雷，猛扑到人群中，咆哮、撕咬。火焰在它的枪口喷射着。坦克爆炸了。收音机和音乐也一同被炸死了。

她慢慢地走过去，扶起老虎。老虎喘着气，血像喷泉一样从它的眼睛里、嘴里、耳朵里冒出来。它的钢针一样的胡子软软地垂了下来。灰衣服敌人横七竖八地躺在它的身边。

"真羡慕你，现在你能离开这儿了。"它闭上了眼睛，"你可以走了。"

"不，我离不开这儿。我骗你了，老虎。我哪儿也去不了，我们谁也跑不了。"

　　她捡起老虎滑落在地的大枪，那把特殊设计的枪非常沉重，让她几乎拿不起来。她把它举了起来，再次感到十分疲倦。本来她应该再过一个小时才会醒来。本来她还可以飞到月球上，找到灰衣服敌人的最后弱点，杀死他们，拯救剩下的老虎——那些皮毛光滑的漂亮野兽。故事是这么设计的，但她厌倦了。她把枪对准了自己的头。

　　一声巨大的轰鸣震碎了一切。

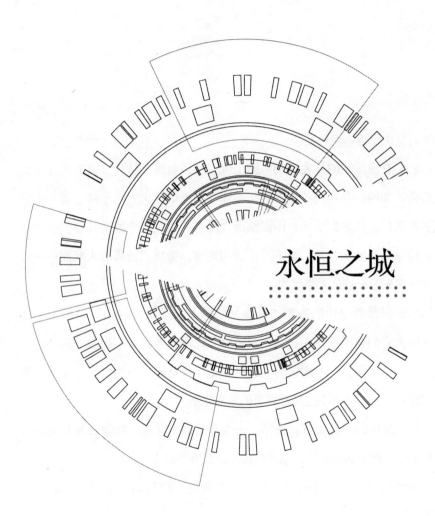

永恒之城

者空山上遍布着怪石头。

它们有着浑圆的外表和相似的个头，被风磨光了棱角，月光照在上面也打滑，如同一具具白花花的骨架半埋在山土中，大大小小的。看上去它们各就各位，从底盘开始，浑圆细滑，没有孔洞，一个圆突兀在另一个圆上。像飞鸟纺锤的身躯，像走兽浑圆的轮廓，像盛水瓶罐的大肚腹……可以罗列出来的形状是无穷尽的。

可能只是者空山的寂寞，让你从那些石头边走过时，觉得看见了什么，以为它们在摇头，在点头，或者对着风呢喃着含义不明的低语。这里的一切都是不明显、不确定的。这种感觉非常奇妙，不能深究。你站住脚步，瞧分明了，其实不过是凝固了的呆滞怪石。

天气很怪，一会儿月光满怀，一会儿又细雨朦胧。我领着苏苏从乱石堆里穿过，脚下的石缝里，刚形成的小溪正在流淌。

细雨如同碎花一样从树上落下，或者说，碎花如同细雨一样从天空飘落。

一匹强壮的黑马背负着突然在云缝里闪现的月光孑然而来。

"什么人？"我鼓起战败者的余勇大声喝问。那一声呼喊在空旷的谷

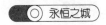

中穿过，好像一支箭划过长空。

马上的黑影却岿然不动。等马儿缓缓地走到跟前，我们才看清鞍上坐着的是个死去的士兵，看情形已经死了两天以上了。

他的脸掩盖在铁盔的阴影里，随着马步摇来晃去。马嚼子上的流苏在被湿润了的空气里摇荡，飘向左边，又飘向右边。套在盔甲里的躯体虽然死了，但外层精良的铁甲却不会倒下。盾牌上的徽记表明了他是我们金吾卫的人。

我抓住他冰冷的脚踝，将他拖下马来。

不论是我拖人还是挖坑的时候，苏苏都站在一边悄然无声。只有在我将死尸翻了个身，预备将他推入坑里，月光斜着照耀在那个年轻人的脸上时，苏苏才开口说："死人啊，你为什么要出现在这里？你跑了这么多的路，就是为了死在这个陌生的地方吗？你是特意来告知我命运的无奈和死亡的永恒吗？现在你将变成林间的清风，变成滋润大地的青草，你将变成这世界的一部分，世间的动荡都与你无关了——如果这就是每个人的命运，真希望我有足够的勇气去坦然面对啊。"

我把土推在那张死灰般的脸上，在心里说："死人啊，你没有逃脱敌人的魔掌，却给我们送来了坐骑，如果我们逃脱了，我一定要好好谢谢你。只是你又需要什么谢礼呢？现在你可以不必再担心背后射来的冷箭。虽然你的躯体上将爬满虫子，臭气萦绕，却不用再害怕任何滋扰了。死人啊，你可以安宁地死去，但我还要继续我的追求。我的路还很漫长，我不能虚度这短暂的光阴。我还有足够的勇气去寻求功名，在战场上取得胜利，而且我要把得到的荣誉，献到美丽女人的脚下——不论你有什么样的遭遇，那并不能改变我。"

林子里的树都很高，它们的枝丫隐藏在黑色的夜空里，所以那些花仿佛从天上落下。它们有两种颜色，淡红和灰蓝。

苏苏伸手接住了其中的一朵。她凝视着花，清冽的侧脸在雨水里冻得发青。她那长长的黑色睫毛垂覆在苍白的脸颊上，我能听到她那柔软的呼吸声。

她威武的父王已经死了，她美丽的王国已经崩塌了，她忠诚的子民全都成了叛徒，但她的容颜还是如此美丽。

仅仅这个女子的美貌就足以让铁骨缑王派出10万人马搜捕。这儿离狼岭关已经很远了，已远远超出了铁骨缑王的势力范围，但只要苏苏还活着，还能吐出拂动花蕊的气息，铁骨缑王的追兵就不会放过这个已灭亡侯国的残存血脉。

我不会让她落到铁骨缑王的手里。我要寻找一个让她永远安全的方法，一个能和她永远在一起的办法。我是如此爱她。这种爱如同阴燃的火焰，慢慢地吞食着我的心和血肉——这种爱是感受她饿了时轻触我手肘的动作；这种爱是看她疲倦地蜷缩在湿漉漉的树叶上。

我压抑住心里这狂风暴雨般的爱，闷声不吭地扶她上马，只是用妒忌的目光看了看被她压在腿下的花瓣。

在细密的雨中，我们继续前行，随后就看到了那些传说中的不死智者。

他们突然地出现在林间空地上，起初看上去只是些混沌的影像。

苏苏紧紧抓住我破碎的衣甲，用害怕而敬畏的目光看着他们。

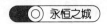

"蒙将军，这就是那些不死智者吗？他们看上去如此肮脏潦倒，真的能帮我们摆脱紧追在后的死亡吗？"

他们一动不动，看上去确实不像是充满智慧的学者。他们破烂的衣裳上长出了石楠和地衣，野杜鹃在他们的膝盖上开着花；他们的皮肤上布满了暗色的青苔，眼皮上则全是白色的鸟粪；他们的脚仿佛深入地下的烂泥，在那里扎了根。

那边有两人似乎在松树下对弈，只是棋盘已被蘑菇和绿萝覆盖，看不清棋子的位置，他们不为所动，依旧低头沉思；另有一位智者则似乎在盘膝弹琴，只是我们无法听清曲调。事实上，在踏入这片空地时，我们就听到了一声孤零零的拨弦金属声，那声波慢悠悠地穿过林下幽暗的空间，如一条曲折的波浪线，随后在一棵歪脖子树上撞成两段，各自飘向左右。我们等了很久，也没有听到第二声琴响。也许第一声到达世界尽头，另一声才会慢悠悠地追赶上去。

这些人确实活着，只是他们的动作慢得让人无法忍受。

我难以理解，他们的智慧足以让自己飞向天空，与星星恬静地交谈，使自己的生命在九州的历史长河上盛开，如同最璀璨的礼花，但他们只是在雨中挨着淋，如同潦倒的石像。

我从东走到西，用因为急躁而越来越粗鲁的语言高喊着，但没有一个人上前理会我。

我醒悟过来，我们的动作对他们来讲也许太快，如同一团转瞬即逝的幻影。

这真让人绝望，我们经历了千辛万苦才来到此地，却无法与他们交流，甚至得不到他们的正眼一看。

幸亏在放弃之前，我牵着苏苏的马继续朝林子深处走了一会儿。

我发现了另一些沉默的人，他们散布在林间，仿佛在缓缓舞动、旋转着身躯。他们呆呆地仰着头，眼睛虽然睁开，却仿佛什么也看不见。但比较起先前的那些智者，他们的动作毕竟更流畅、更利索些。我甚至能看到其中一名花白胡子的老者，眼珠子在朝我转动。

我张开口："你们在做什么？"

他蹙起眉头，如同听到刺耳的鸟叫。

我不得不再次放慢速度，再问："你——们——在——做——什——么？"

"我们正在体察包括荒墟在内的万物的宏大和细微。"

"可你们只是坐着不动，这怎么可能呢？"

他皱起木乃伊一样层层堆叠的脸皮，不屑地说："如我们的神通，以勾弋山的高广，也可容纳于一尘粒中，且尘粒不会受丝毫影响；以四大海水之宽渺，也可置于细微的心里，且心的大小并没有增减。你看，那边一位灰衣人正在仰着脖子，吞下那些黏稠的云雾。他不是在吞下云雾，而是在吞下整个宁州；看到那边那位胡子拖到地上的老者了吗？他正在吞下浩瀚的海洋。"

我吓了一跳："我不怀疑你们的神通，正因为此，我们才来求助。请告诉我们，怎么样才能活下去？"

可那时候他的眼珠已经转向了别处，他只是竖起了一根瘦得只剩骨头的手指指向地上的一块白石头："看……"

那时候雨已经停了，风正从树叶下跳过，把水滴吹落。月光开始明亮起来，穿过林间照耀在空地上，但我什么也看不见。

苏苏还在专注地向空地上凝视着，而我脖子发僵，于是厌烦起来，又问："我们在看什么？"

不死的智者长叹了一声："不把你的注意力集中到一点上，你又怎么能领会到答案呢？生命在于静止，只有完全静下来，才能感受到天地的呼吸和节拍。你要把自己化身其中，与日月、星辰、山川都融为一体，这时候，你就明白荒墟的真谛了。"

苏苏是个耐得住寂寞的姑娘。她专注地盯着石头，好像看到了点儿什么，但又不能确定。而我的脚开始发麻，眼皮酸痛，从脚底向上冒着凉气。

我忍不住又问："前面的那些人，他们为什么一动不动？"

那名智者仿佛在看自己的鼻尖，过了很久很久，一个空洞洞的声音才从乱蓬蓬的胡须下飘出来："那是我们里面达到了最高境界的人，他们根本就不用动弹，不用呼吸，不用吃喝，运动对他们而言没有任何意义，他们就是荒和墟本身。"

苏苏也问："那你为什么可以和我说话呢？是因为你的修为不够吗？"

智者有点儿生气，说："这里每月总有一人清醒，就是为了引导你们这些迷途的世人。你们运气好，一来就遇上了我。"

苏苏拉了拉我的衣角，轻声地说："我饿了。"

我也觉得疲惫万分，肚中雷鸣般地吼叫："对不起，我们太累了，没法很快领会你们的境界，能给我们找点儿吃的吗？"

"吃的？"老者微笑起来，他轻轻地一挥手，"这里的食物只有两种，一种是智慧之果，而另一种是生命之花。吃下智慧之果，你会具备大智慧眼，明了尘世间的一切；如果吃下生命之花，那你将加入我们不死者的行列。"

不死者！变成九州上最高智慧的拥有者竟然如此简单。这诱惑来得如此突然、如此强大而不可抵抗。"这不就是我们要寻找的答案吗？"我这么想。

他一翻左手，上面是两朵灰蓝色的花。竟然就是一路上不停落到我们肩膀上、胳膊上的花。我们仔细看了一会儿，才看到花瓣下藏着极细小的果实。这就是智慧之果？

苏苏的脸如镜子一样照射出我脸上的苍白，但她毫不犹豫地伸出手去，接过灰蓝色的果子，将它一口吞入肚中。我赶忙也拿起另一只果子，吞入肚中。

又一声琴弦拨动的清音响彻林间。

时间好像停顿了，露水从树梢滑落，仿佛在空中停留了许久才落到草地上。

"注意，不要靠得太近。"老者用一种揭露秘密的快乐又自得的声音说，"它们就在你的脚下。"

世界突然间纤毫毕现。我看到了过去一直存在却从没被人看到的细节。

我曾经无数次地凝视苏苏的脸，对我而言熟悉无比，但此刻它在我面

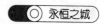

前从未有过的清晰，如此多的细节突然展现，让它如一张陌生的面具。

我看到了女孩脸上浮动着的淡白色毛发，如同沾染了秋华的蒿草地；她的眼睛里是装满惊异的半透明瞳孔和锥形晶状体；她嘴角的皱纹因为惊讶和快乐轻轻地翕张。那张脸如此的生动，充满了我所没注意过的表情，谁说她是冰冷如万年寒冰的公主呢？我看了她好一会儿，才顺着她专注的目光向下望去。

我清晰地看到了沙人的城市。

他们就在我脚下的大石头上，动作飞快地修建着非常渺小的建筑。那些带尖顶和漂亮院子的房子大约还没有一粒微尘大。它们被搭起，拆除，再被搭起，每一次都比前次更宽大，更挺拔，更漂亮。

他们的个头比最小的微尘还不如，他们的生命也如此短暂，甚至长不过"滴答"一声，但他们忙碌不休。农田和葡萄园一点点地向外扩张，细细的道路蔓延，沟渠纵横，房子和建筑则如同细小的棋盘。他们修筑起巨大的宫殿和花园，还有像针尖一样的高塔。他们在露水的残痕上修建大桥；他们骑乘在沙马上和那些螨虫作战，并勇敢地杀死它们。无数细小的刀光，汇集在黑色的旗帜下，没错，那是他们的军队和卫兵。他们也有自己的责任和荣誉。

更多的沙人还在不停地修建，随后快速死去。但他们的后代正源源不断地从屋子里和城市里涌出，比原来更多。

有时候他们的扩张也会失败，每一滴露水就是一场可怕的洪灾，百步之外一只松鼠的跳跃就会引发可怕的地震，甚至过分明亮的月光都会引起旱灾，但他们毫不气馁，在这些灾难面前都熬过去了。

只是在极短暂的时间里，他们就建立起非常渺小但宏伟无比的城市。那是一座我所见过的最大规模的城市。它在月光下升腾着细小的烟雾，容纳着上百万的沙人。它展现出来的富丽繁华，甚至一眼望不到头。

他们也不总是在工作，他们也不忘享受生命的乐趣。他们用各色绚丽的霉菌、地藓装饰院落。那些霉菌和地藓每一秒钟都在变换色彩，比我们正常维度里的花园要鲜亮百倍。

他们也有集市。市场上覆盖满最繁复的色彩、最绚丽的商品，货物流淌得如同一条色彩斑斓的小河。许多其他城市的商人来参加他们的集会。港口上帆船如云，那是些能飞翔在空中的大肚子货船，实际上却小得如同浮尘一样。它们借助月光的浮力升降，来去自由。

沙人们在月光下集会，他们围着闪闪的火星微光舞蹈。如果侧过耳朵认真地听，你甚至能听到快乐的曲调，闻到浓烈的花香和酒味，看到那些漂亮的女人们，以及在月光下难以克制的爱情。

我们越看越入迷，几乎要融入其中，化身为他们中的一员。可也许正是如此，我们的脸离得太近，沙人们全都骚动起来，他们惊恐地看着突然出现在天空里的巨脸。

苏苏的那张脸是如此柔弱美丽，他们将它当成了神的现身。他们度过了最初的恐慌，开始充满爱意地按照苏苏的形象塑造形体，他们在那形体边围建高墙，搭建起庙宇。他们修建起庞大的宫殿向她致敬。

我被他们的热情吸引，向前俯得更近，想好好看看他们塑造的神像与苏苏本人相比哪个更漂亮。但我那粗重的鼻息对沙人来说，成了最可怕的风暴：它横扫城市而过，吹垮了发丝一样细的城墙，让宫殿倒塌，高塔

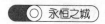

崩溃。

在这场可怕的灾难中，沙人们死伤无数。我发现了自己的错误，飞快地向后退缩，藏起自己的脸。

沙人们看着劫后余生的城市，虽然伤心但是很快就将灾难抛在脑后。他们遗忘得很快。城市被他们不知疲倦地修复了，甚至比原来的更大，更漂亮。

他们重新修建庙宇和宫殿，在苏苏的形体边竖起了另一个凶狠可怕的形体，我从上面辨认出了自己的模样。

我被他们当成了凶神——我对此不太满意，但至少很快，我们又可以在月光下欣赏他们的歌声和永不停息的欢乐了。

我原以为这座城市会永远充满生机，然而没有任何理由，就像是一棵大树的生命突然到了尽头——泉水干涸了，花园里的花和霉菌枯萎了，死去的沙人们不再得到补充，他们的数量越来越少。任何神都无法拯救他们。

在我们都看出来这座城市的生命正在一点点离开的时候，他们像是集体做了一个决定。在某一时刻，所有停泊在码头的那些货船同时离开了城市。有上万的小尘土，在月光里舞动。所有的沙人都离开了，他们再也没有回来。

石块上只剩下那座空荡荡的城市和无数精致的小房子。我们轻轻地叹着气，心里空落落的。就像不愿意失去心爱玩具的孩子，我们执拗地等待沙人们的归来。但仿佛只是过了一弹指的工夫，首先是那些比较低矮的房子，大概不是由很好的材料建造的，开始像流沙一样垮塌。而建造更精致的一些房屋，则在多一倍的时间内相继倒塌。

城市的排水系统也堵塞了，汇集在一起的露水急剧上涨，将泥土冲走，使宽大的马路和人行道变成沟壑。至少有30到40条河流冲入城市里，成群的螨虫在曾经最繁华的歌楼和宫殿里出没。

最宏伟的宫殿消失在一场大火中，那是偶尔落脚的萤火虫，它脚上微小的火花点燃了色彩斑斓的花园。

大桥坚持了比较长的时间，然后是水坝，它们在干枯的露水痕迹上支撑了很久，但我轻微挪动脚步的震动，让它也化为灰烬。

仓库和地窖持续得更久，但也在半炷香的时间里坍塌，重又变为细微的灰尘。

我们还是不死心，默默地等待着。看，那个小黑点，是他们回来了吗？

不，只是一只蚂蚁匆忙地爬过。这只迷路的昆虫如同可怕的怪兽，它一步就能跨过十几个街坊，拖在身后的草籽如同山崩一样毁坏了所有经过的地方。

也许还有其他的沙人可以重新回来，把这座记载着他们无数代人梦想和荣耀的城市修复，就像他们从我们呼吸出的风暴中，重新拯救出城市一样。

但那时候，我的鼻子突然发痒，这种刺痒好像一枚针，难以控制，一点点地深入鼻腔。风暴在我的肺里集合，最后终于冲出嗓子。我打了一声巨大的喷嚏，整座城市飞上了天空。

"空"的一声响。

一切都消失了。没有了。

石头在月光下一片苍白。

苏苏和我如梦初醒。我以为过去了数千年，却发现第三声音符刚刚离开树下人的指尖，曲曲折折地斜向上方升去。

月光下那位老者面如朽木，他毫无表情地又翻开了右手的手心，依旧是两朵花，只是那花是淡红色的。

苏苏拈起那朵花来，转过脸对我粲然一笑："蒙将军，你要随我一起来吗？"

老佣兵停下他的故事，愣愣地看着大家。

"我常常在想，"他安静地叹着气说，"女人的勇气啊……苏苏吃下了整朵花，变成了者空山上的石头，而我应该在她面前化成一道轻烟……消失无踪。

"我知道外面的世界里，还有着许多鲜活、热烈的事业要完成，有许多美貌年轻、有着柔软腰肢的女人，有许多醇厚芳香、撕裂嗓子的烈酒在酿造，而对变成石头的苏苏来说，我在经历这些的时候，她甚至心跳都来不及跳动半下。

"我逃回了外部世界，重新过上了滚烫的日子。我为了自己的生命搏杀，体会着每一天带给我的新奇，每一件事都率性而为。我挥金如土，今天挣到的钱财，可以在第二天就挥霍完；高官厚禄对我而言也只是过眼云烟；红粉美人只是当前的甜点。我知道自己的归宿——回到者空山上去做一块干瘪的石头。

"转眼已经过了50年，我的身上增添了上百条伤疤，不论是在澜州还是宛州，我为自己赢得了许多名声。除此之外，我两手空空，一无所有。我对自己说，差不多了，再玩下去，我要把骨头扔在江湖上了。

　　"于是我回去寻找通往者空山的路，一年又一年。如今我老得快要死了，但再也没找到过回去的路。"

　　"我真傻啊，"他自怨自艾地诉说，"是什么让我相信自己有这样的好运能与永恒二次相遇？

　　"要是我把那朵花吃下……"他嘿嘿地笑了起来，突然用手划了个大圆，"嗤，所有这一切都会化成幻影，像是被急流牵拉着倏地消失在时间长河的另一头，但我能去找回那个女孩。我们每隔1000年能够肌肤相亲，每隔1万年能够共享爱的欢泉……我能永远活下去……"他的话音越来越低，火堆边的人已听不见他后面喃喃的抱怨。风吹起来了。他们仿佛听到了周围传来轻轻的快乐曲调，闻到了浓烈的花香和酒味。他们看到了那些漂亮的女人们，以及那些在月光下难以克制的爱情。它们，真的存在过吗？

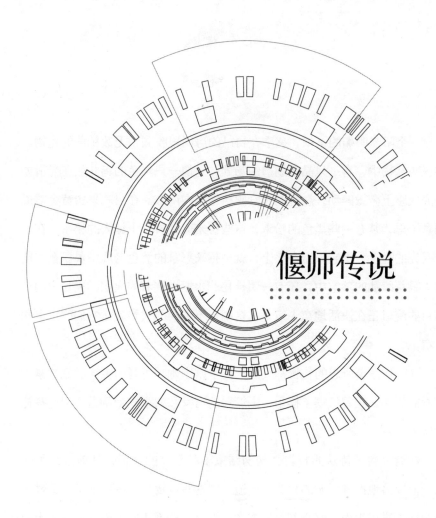

偃师传说

一个阳光明媚的下午，盛季在自己的房间里收到了无数精美的礼物。在这些礼物中，有一只晶莹剔透的汤匙，它像一只黑色的鸟儿般在光滑如镜的底座上微微颤动，翘起的长吻固执地指向南方。在另一只由黄金雕成的盒子里，装有一些黑色的粉末，这些粉末蕴藏着一个惊人的秘密：在没有月光的晚上，把它们撒在火上，就会招来怒吼的蓝色老虎精灵。在这些叫人眼花缭乱的珍宝中，还有一团神秘的永恒燃烧着的火焰，火光中两只洁白的浣鼠正在快活地窜上窜下，这团永不熄灭的火焰就是它们的宇宙和归宿。

　　这一切匪夷所思的礼物都没能让盛季露出她那可爱的笑容。她皱紧了好看的眉头，叹着气摆了摆手，围簇着的宫女和奴隶立刻倒退着把这些礼物撤了下去。

　　姬满听到了侍从的报告，匆匆结束了和祭父的谈话，从前殿赶了回来。他怜惜地扳过爱妃的肩头，问道："这些玩物没有一件不是天下最杰出的巧匠殚精竭虑、呕心沥血的杰作；没有一件不沾染着最勇敢的武士的鲜血；多少人血溅五尺，只是为了一睹这些宝物。我游历四方，网罗而来这些天下至宝，难道就没有一件能讨你的欢心吗？"

王妃慵懒地叹了一口气:"何必让那些贱民再去白白浪费生命呢,我不会从这些俗物中找到快乐的。大王你每日里忙着东征西讨,又怎么会在意一个小小妃子的苦乐呢?"

被爱情激起了勇气的国王叫道:"我拥有一整个帝国。快马环绕我的国土一周也要奔驰3年;我的麾下有80万甲士和3000乘战车,他们投下的马鞭就能让大江断流;我的属民像砂粒一样不计其数,他们拂起衣袖就能吹走满天乌云。难道我,伟大的姬满,竟然不能让所爱的人展露一下她的笑容吗?"

他飞步奔出后宫,大声发布命令:"传我的旨意,30天内,招集天下所有最有名的术士、艺者,最能逗人发笑的优伶、丑角。不论是谁,只要能让我的爱妃露出哪怕是一丝微弱的笑容,我就赐给他10座最丰美的城池,外加黄金500镒,玉贝1000朋①。"

他抽出那把伴随他征战多年的锟铻宝剑往地上一插:"如果这些艺人都没能成功,他们也就丧失了存在的权利,我大周国从此将变成所有流浪者的死敌。"锋利的剑刃穿透了垫地的花岗岩石砖,述说着国王的决心。

500名信使跳上他们的快马,汗流浃背地向四方奔驰而去。国王的旨意像野火一样迅速传遍了整个帝国。

三足乌第30次回到它在崦嵫②的住所时,周王国镐京王宫的大殿前已经竖起了象征帝王威严的九座铜鼎。熊熊燃烧的火焰照亮了鼎上的饕餮纹饰,也照亮了周围的巨大庭院。

① 镒、朋:古度量单位。5两为1镒;5贝为1朋。

② 崦嵫:"日没所入山也",出自《离骚》。

这是一个长400两①，宽200两的巨大空间，纵然里面摆放着500张堆满了珍肴佳馔的桌子，也仍然能感觉得到那宽广坦荡的帝王尺度。在每一张桌子后面，在火光照不清晰的黑暗角落里，挤坐着数不清的来自天涯各方的奇人异士：云游四方的旅行家带着他们那奇形怪状的坐骑；来自遥远国度的流浪艺人小心翼翼地掩盖着他们赖以糊口的神幻秘技。不少人脸上的尘土还未洗净，他们是为了那份不可思议的丰厚赏金而从数千里外的地方匆匆赶来的。

这些最卑下的贱民，每日里只能在风雨和泥尘中打滚，以求得一份口粮。也不知他们上辈子积了什么德，才有福一睹这个天下最大帝国的帝王尊容。衣着华丽的奴隶在席间往来穿梭，端上来的都是他们见所未见、闻所未闻的山珍海味；貌若天仙的宫女在廊间轻歌曼舞，她们身上的香气和龙涎香的气味混合在一起，弥漫在空气中；500名站在阴影中的青铜甲士寂然无声，只有微风拂过他们的长戈和甲衣时才能听到轻轻的呜咽声；在左右回廊围簇着的中央高台上，被贵族和百官簇拥着的就是君临天下的国王和他所宠爱的王妃——盛季。

一位神情猥琐的老头捧着一具式样古怪的乐器率先登场。他向高台行了叩拜礼后坐下来吟唱一首抑扬顿挫的颂歌。人们听不懂他的语言，却都迷醉在他的歌喉中。两名衣着袒露的少女扭动着柔柔的腰肢跳起一种风格迥异的舞蹈。她们那飞旋的脚尖宛如田野上跃动的狐狸，就连宫中最善舞的宫女都看直了眼。

---

① 两：古度量单位。5两为1丈。

国王偷偷看了看身边的爱妃，她的脸上露出了不耐烦的神色。他摆了摆手，老头的乐器落在了地上，传出最后一声颤动的低吟。

接着上场的是一位来自遥远国度的魔术师。他有一个傲慢的鹰钩鼻子和一把桀骜不驯的大胡子，他的家乡远在胡狼繁衍生长的另一方土地。他倨傲地向国王和他的妃子鞠了一个躬，然后从随身携带的旧羊皮袋里抓出一把豆子撒在地上，喃喃地念了几句咒语。周围传来一阵压低的惊呼。奇迹出现了，地上的黄豆和黑豆自动分成了两组排兵布阵，有进有退地厮杀了起来。

可是王妃的眉头甚至连动都没有动过。两名彪悍的武士立刻上前把这位不幸的异乡人连同他的"豆兵"带走了。

一位身材矮小，肤色黝黑，缠着包头巾的汉子快步走了上来。他的手里提着一盘同样是黑黝黝的毫不起眼的绳子。他盘腿在尘埃中坐下，把一支大家先前都没有注意到的短笛凑到了嘴边，顿时，一股低沉的魔音在夜空中响起。

慢慢地，那根在地上的绳子动了一下，一端的绳头抬了起来，缓慢但是坚定地沿着一条优美的轨迹向上升，仿佛有一只无形的手在提着它上升，上升，直升到一团低垂着的乌云中。围观的人群情不自禁地屏住了呼吸，就连一直从容镇静的王妃也忍不住展了一下眉头，但是自始至终，她没有绽放过笑容。

失望的国王招来了卫兵，但是那位机敏的艺人在武士还没有靠近他的时候，就一纵身跳上了那根笔直挺立着的绳子，飞快地爬了上去，消失在那一团乌蒙蒙的积云中。一名卫兵对着绳子砍了一剑，绳子断成两股，落了下来，可是那名矮小的黑皮肤汉子不见了。

包头巾的人引起的骚乱只持续了一会儿，表演接着进行。可是再也没有谁能像他那样幸运地逃脱国王的惩罚，锟铻剑上留下的血痕越来越鲜明。

寥落的晨星从东方升起。盛季望着高台下面耸动的人群，鼎下的烈火照得她的脸半明半暗。小时候，她曾经有过一个荒诞的梦想：有那么一天，能够拥有难以计数的财富和珠宝，甚至连高山、湖泊、幽暗的森林和广袤的大海都归在她的名下；而所有那些自高自大的男人都只是她的奴仆，蹲伏在她的脚下听候吩咐；那时候，她就是世界上最幸福的女人了。而这一切，身边的这个男人都替她做到了，甚至就连他自己也拜伏在她的裙下。但是她现在快乐吗？

高台下传来一片喝彩声。一个艺人完成了一个高难度的吞剑动作后，胆怯而又充满希冀地看过来。盛季毫无表情地扭过头去，她知道这等于宣判了他的死刑。无数的艺人正玩命地表演他们的拿手绝技，只是为了赢得她的一个笑容。他们真的是为了她的快乐，还是为了那一份丰厚得足以拿生命去冒险的赏金呢？

夜晚眼看就要过去了，国王越来越焦躁不安。就在这时，守卫在门边的卫兵和拥挤的人群骚动了起来，人们纷纷向后退去，一袭黑袍出现在晨曦中，带着魔鬼的气息。

一名年轻的士兵带着惊恐低声说："我敢对天发誓，他是突然出现的。"

他的出现是那么地引人注目，就连盛季也抬起了头，饶有兴趣地看着他。

黑袍人缓步走上前殿，卑恭地向王座行了礼，开口说道："至高无上的王啊，你是这个世界中生命的主宰，我听到了你的承诺。因此我便从时间的溪流中浮泛而下，穿过了世纪的物质和存在的象征，带来了我的作品，期望能得到王妃的赞许。"

他的话引起了一片惊叹，因为就连王国中最富有智慧的谋父都不能全部理解他的话。

"你知道失败者的下场吗？"国王带着微醺的酒意，用威胁的口气问道。

时间的旅行者笑了笑。他拍了拍手，4名仿佛同样从黑暗中冒出的黑衣奴隶抬着一只透明的箱子快步走上前来。

箱子在晨星的光芒中宛如水晶般闪闪发光，旅行者猛地张开双手，他的手杖顶端放出刺目的光华。一只胡狼在远方发出一声凄厉的长啸。篝火余烬的红光照在水晶上，仿佛一阵水纹波动，箱子里显出一个人形来。

黑衣奴隶打开箱盖，箱中人直起身来。他惊异地观望着身边的崭新世界。他的目光越过了骚动的人群和辉煌的殿堂，凝固在了高台上。这是一个多么俊美的小伙子啊。他的鼻梁高秀挺拔，他的目光明亮有神，他的笑容像火焰一样灿烂。

面对着这样的一个奇迹，人群没有欢呼，没有激动，有的只是焦躁和狂乱的低语："只有神才有权造人，这是亵渎……""巫术！""抓住他，地狱里来的魔鬼！"

大王的脸色有些发白。他的权力足以让他藐视一切法术，但用造物主才能拥有的魔力去刺穿生命的庄严，放肆地污辱神灵，那是另一回事。他犹豫不决地回头看了看，看见他的王妃唇边浮起一抹微笑。他举起了一只手，人群安静下来。

王妃微笑着开口说道："异乡人，你的法术让人大开眼界。你说这是送给我的礼物，可我要这个卑贱的男人有什么用呢？"

她的话音犹如雪夜中的铃声一样清脆撩人，即使是黑袍人，在她的美貌面前也不得不低下了头。他谦卑地回答道："聪慧贤明的王妃啊，他叫纡阿，只是一个傀儡。他既没有生命，也没有尊严，但他从娑婆那里学到了音乐，从阿沙罗加那里学到了舞蹈。[①]当他展示他的所能的时候，就连石头也会欢笑。而他存在的唯一目的，就是尽其所有让您拥有欢乐。"

他转过身，拍了拍手，喊道："跳起来吧，纡阿！"

仿佛一阵微风吹过琴弦，站着的年轻人微微一颤，他的指头只是曼妙地动了一下，就让所有的人都屏住了呼吸。突然间，他浑身上下都洋溢起舞蹈的气息，就连足迹踏过最遥远国度的旅行家也从未见过的华丽欢快的舞姿，如同流水一样，从他的头、他的手、他的足、他的每一根指头，甚至每一寸肌肤中喷涌而出。有什么能够比拟他的舞姿呢？飘零在急流中的花瓣、回旋在风中的火焰——让人看了止不住地就想热泪流淌，或想放声长笑。一支长矛从卫兵的手中脱落，摔掉在国王脚下的尘埃中。国王费了很大的劲才把目光收回，转到了坐在身边的盛季身上。他看到了渴盼已久的笑容就挂在王妃的嘴角。

---

① 娑婆、阿沙罗加：从黑袍人无意中提到的这两位神祇的名字来看，也许他来自印度次大陆。

一舞既罢，高台上下鸦雀无声。国王站起身来想说话，却发现自己嗓音嘶哑。他稳了稳神，说道："异乡人，你的礼物正是我想要的。我的承诺是有效的。我不想知道你的来历，从今天开始，你就是代地10座城池的城主了。"

大臣和贵族中传来一阵妒忌的低语，但是国王只是威严地朝他们扫视了一眼，低语声就消失了。

"至于其他无聊的艺人，我限你们在15天内，离开我的王国。第16天起，只要在我的国土上有你们的踪迹，就一律格杀勿论！"

黑袍人匍匐在高台下，回答说："伟大的周朝天子，我只是一介贱民，怎敢管理周朝的城池。我不是为了赏赐才带来我的作品的。如果陛下喜欢纤阿，那么请宽恕所有的这些艺人吧。我迷恋他们用自然的力量展示出的巧技，而后世人已经忘了如何去接近它。我们能借助机械造就梦幻，却忘记了自己本身曾一度拥有的魔力。我渴望能从这些艺人中找到我所寻求的东西，去创造另一个梦幻般的神话时代。"

国王听了他的话，微微一怔，随即不以为意地哈哈大笑："你是个疯子吗？大海难道还要向小河寻求浪花？你的技艺在我看来已经出神入化了，还要向这些无用的流浪汉学什么呢？好，城池我就不给你了，大周国境内的流浪艺人我也不再驱赶，从今而后，他们都做你的奴仆好了。"他不容黑袍人再反对，大声叫道："来人哪，将先生送到驿站的精舍中，把我的礼物和这些艺人一并送去……哈哈哈……乐师，奏乐，我要与爱妃及各位爱卿继续狂欢。"

黑袍人鞠了一躬，如同来时一样寂然地消失在阴影中。

周王的狂欢持续了三天三夜，最后一堆篝火终于熄灭了，筋疲力尽的宾主丢下了狼藉的大殿，回去休息。

在后宫深处，重璧台①那高高的回廊上，盛季把她滚烫的额头贴在冰凉的大理石柱上。她问自己，这是怎么了？为什么看到纡阿的第一眼起，她的心就狂跳不止？为什么他的目光转向高台，她就情不自禁地想欢笑？她当然要笑，哪怕是为了纡阿，她也要微笑。那些贪婪的艺人为了他们那份可望而不可及的赏金而送命，一点儿也引不起盛季的怜悯。只有纡阿，是真心真意地为了她，为了她的欢乐而舞蹈。他不可能夹杂着一丝其他的欲望。她难过地想，因为他只是一具傀儡，甚至没有生命，没有因为她的微笑而得以保存的生命。

爱上了一个傀儡？她自嘲地摇了摇头，绕着寂静无人的回廊慢慢地踱了起来。她的目光不由自主地望向了那些奴隶们居住的低矮窝棚。3天前，她第一次发现自己对纡阿产生了令人惊异的感情后，她就托词溜回了后宫，一个人体会那又惧又喜的感觉。

国王的盛宴持续了3天，那帮残忍粗鲁的家伙就让纡阿跳了3天的舞。"他一定累坏了，"盛季怜悯地想道，"现在，所有的大臣和贵族都在呼呼大睡，也许此刻他正痛苦地躺在哪个窝棚中喘息。"

仿佛回答了她的关切，一声鸟鸣打破了清晨的宁静，哀伤缠绵，仿佛一线游丝浮动在夜空中。然后，轻轻地，宛如青鸟般婉转的啼唱刺破了低沉的和音，欢乐和痛苦同时缠绕在一个孤独"精灵"的歌声里，犹如晨曦

---

① 重璧台："天子乃为（盛季）之台，是曰重璧之台"，出自《穆天子传》。

融合着光和影一般完美。"天哪，"盛季又喜悦又痛苦地想，"这不是夜莺的欢唱，而是一个傀儡令人难以置信的美妙歌喉。他知道我在这儿。"

带着异乡情调的低沉的喉音轻轻地摇曳着，不由自主地让她想起了遥远的过去，想起了一个清冷的早晨，桨叶打碎了水上的晨光；想起了一个烛影摇红的夜晚，父亲把她送入了宫中。她的父亲后来如愿以偿地当上了盛地的领主……

"不，不行，"盛季绝望地想，"我的心承受不了再多的负荷，我不能再见他了。"爱情宛如躲藏着的河流在黑暗中流动。壁龛里的烛苗静悄悄地燃烧着，她惊恐地向四处看了看，把头伸出高台，向脚下花草掩盖着的黑暗低声问道："纤阿，是你在那儿吗？"

歌声戛然而止，一个发颤的声音回答："是我，我的女王。"

"我的脸一定会像含羞的少女那样发红。"她心慌意乱地想。犹豫了一会儿，她柔声问道："纤阿，你为什么不去休息？跳了这么长时间的舞，你不累吗？"

"我用不着休息……能源……我不知道……"他在黑暗中沉默了一会儿，"我的胸口有个地方跳动得厉害，我不能去休息。主人说过，我是为了你的快乐而存在的。离开了你，我不知道该做些什么。"

他低低地吟诵着一句话："我不能闭上我的双眼，我只能让我的热泪流淌。"这句话所拥有的魔力让王妃心跳不已。

"我的心指引我为你歌唱。把我留在你的身边吧，我不想为那些庸俗的贵族舞蹈。我只有10天的能源……10天的生命，让我用这剩下的7天来陪你一个人，让你快乐。"

王妃低低地呻吟了一声："你不应该这样。"

"您不喜欢吗？"黑影的声调里充满了悲伤，"那么说一句话吧，或者一个词，只要一个词……一个词，我就可以为你去死。"

"你会为她死的！"一个粗暴的声音打断了他的话。盛季惊恐地转过身，看见姬满正满脸怒容地站在高台的楼阶口处。

姬满暴跳如雷地咆哮道："一个木偶竟然敢调戏我的王妃。我要让你和你那该死的魔鬼主人一块儿粉身碎骨！"

"不！请不要杀死他！"盛季恳求道。

妒忌的国王奔下高台，大声招呼着卫兵。

盛季探出栏杆外，看见黑影依旧在那儿没动。他的声音依然平静："告诉我该怎么做，我只听从你的吩咐，也许我死了会更好。"

国王在高台下愤怒地咆哮着，一群士兵沿着鹅卵石砌成的通道从远处跑来，盔甲和兵刃相互撞击着，打破了花园里的静谧。

盛季拿定了主意。"快跑，"她低声说道，"从这儿逃走吧！"

傀儡依然恋恋不舍。他仰着头问道："你还让我再见你吗？"

盛季眼角的余光看见几名士兵已经冲进了内庭，正向着那个胆大包天的冒犯者跑来。"当然，"她说道，"现在，看在大神的分上，快跑吧，为了你自己。"犹豫了一下，她加了一句："也为了我。"

"我这就走，"那位激动的仆人低声而快速地说道，"燃起你召唤精灵的黑药粉，我一定会再来……"他转身向围墙跑去。王妃惊恐地看着两个卫兵挥舞着长戈追了上去，可是纤阿用一种令人难以置信的敏捷和技巧一下子就翻过了高高的围墙，不见了。

镐京里的大搜捕持续了整整3天，国王的卫兵仍然没有抓到纡阿和他的主人。尽心尽职的卫兵虽然几次发现了逃逸的傀儡的踪迹，但都被他从容地逃走了。

负疚的侍卫头领奔戎对暴怒的国王解释说："那个巫师就在我们的眼前消失了，连同他那4个长得一模一样的仆人……有七八个人眼睁睁地看着哩。至于那个跳舞的木偶（他说到这儿，面无表情的脸上流露出一分惧意），他有豹子一般的敏捷，大象一般的力量。他能空手扭断我们的铜戟，跑起来能超过最快的战车。"他最后下结论说："他不是人类，而是一个扎扎实实的魔鬼小崽子，我们根本不是他的对手。"停了停，他偷眼看了看国王的脸色，又补充说："要我说，他好像受到了什么禁制。每次他可以轻而易举地拧断我们某个人的脖子时，却猛然停了手。要是搜捕逼得太紧或禁制解除了的话……"

国王"嘿"了一声，大步在大殿里走来走去，脸色阴晴不定。连号称最精锐的国王卫队都对付不了一个小小的偶人，而且这个大胆的家伙竟然流连于京城不走。国王隐隐感到一股逼向王座的不安全感。自从那个不幸的清晨之后，盛季就只以沉默和流泪来回答他的恐吓和哀求。他烦躁地来回踱步，终于立定了脚步："来人，速请盛伯晋京！"

盛季知道她的丈夫一直在搜捕纡阿，但她并不太为他担忧。她从负责搜捕的卫队那里打探纡阿的消息。她相信自己所爱的人拥有魔力，并且是战无不胜的，就连伟大的姬满也抓不住他。他们知道只有她能引出纡阿来。姬满每日里到她这儿来，或软语哀求，或大声恐吓，她始终无动于衷。宫里每个人都惶惶不安，她却仿佛有着一种恶作剧带来的快乐感。直到满头白发的老父亲跪在她的脚下，用整个家族的存亡兴败来恳求她时，她才犹豫了起来。

"原谅我，纡阿，"她在心中想道，"你终究只是个傀儡，一个还有几天生命的木偶。我无法为了你放弃一切。"

第三天夜里刮起了轻柔的西风，盛季在重璧台上点燃了一撮黑色粉末。粉末剧烈地燃烧着，爆发出一簇簇明亮的蓝色火焰，如同一只被束缚住的老虎挣脱了囚笼。一股青烟袅袅飘散在风中，有股硫黄的味道弥漫在空气里。

夜色更加浓厚，重璧台上静悄悄的，仿佛只有盛季一个人。"他不会来了。"盛季庆幸地想。不知为什么，却有一丝失望夹杂在这份庆幸中。

壁龛里的火焰摇动了一下，盛季突然转过身来，看见纡阿就站在高台长廊的尽头凝望着她。时间在回廊里悄悄地流动，是那么的安静。有一瞬间，她甚至忘了陷阱的存在，想跳向前去，扑向傀儡的怀抱。

一匹战马在她的身后轻声长嘶。"我干了什么？"她猛地醒悟。一股难言的恐惧攫住了她——虽然纡阿注定会死去，但她这辈子都将无法轻释背叛他的负疚了。

"别过来，"她向着长廊的尽头喊道，"纡阿！这是个陷阱！"

纡阿转头扫了一眼花园里出现的国王的精兵，他的脸色因为痛苦而苍白。"那有什么关系，"他继续向王妃跑来，"如果这是你的选择，那么就让我死在你的脚下吧。"

国王咬牙切齿地喊道："拦住他，杀死他！"

200名最精锐的卫士冲了上去。那个赤手空拳的傀儡毫无畏惧地向着这股由青铜盾牌和长戟组成的金属洪流迎来。大周国那些最著名的勇士——奔戎、造父，在他的手下如同草把一样纷纷倒下。傀儡小心翼翼地控制着自己不过分地伤害脆弱的人类。爱情的魔力冲掉了永远不许与人抗争的禁令。激飞的刀剑像流星一样射入天空，又发出戛然长鸣坠落在树丛中。大周国的卫士们发现自己陷入了这辈子最可怕的一场战争中。

最后一声刀剑的叹息也寂然了，200名失去了武器和战斗力的卫士倒在了尘土中。满怀创伤与痛苦的傀儡一瘸一拐地向王妃走近。

满脸铁青的国王一只手按在剑柄上，不知该如何是好。

"你还爱我吗？"傀儡悄声问道。

"是的。"盛季轻声回答道，向跳舞的艺人伸出手去。纡阿接过了她的纤纤玉手，跪下来放到嘴边轻轻一吻，如同一尊青铜雕像般僵硬不动了。

妒火中烧的国王拔出了那把削铁如泥的宝剑，砍掉了傀儡的头。王妃惊叫着闭上了眼。没有温热的血液喷出来，他那漂亮的头颅下面是一大堆金光闪闪的金属片，以一种完美的不可思议的复杂联系在一起。随即他的躯体在风中分崩离析，变成无数金属碎片，叮叮当当地散落在尘埃中。

王妃张开她含泪的双眼，一块透明的玉一般的簧片跳入了她的手中。它精巧地微微颤动着，发出了和纡阿的歌声一样动听但却单调的嗡嗡声。

后记

先秦时代是一个神话的时代，周穆王更是一个充满了传奇色彩的人物。这个故事来自关于他的一个古老的传说：偃师造人。

1997年，我在一位神秘的黑袍人那里找到了一份手稿。他告诉我，在几个世纪以前这份手稿就已经存在了，他只稍微改动了几个地方。我很怀疑他的说法，可是抓不着什么把柄。文中提到的"撒豆成兵""绳技""火浣鼠"……确实都能在古老的书籍中找到依据。几个世纪以前，也许它们真的存在过……历史永远让人充满遐想。

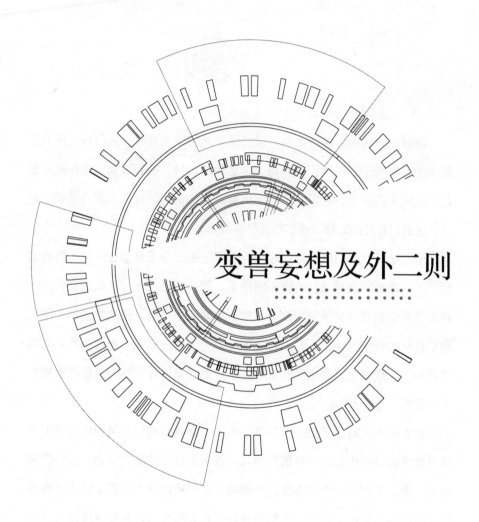

变兽妄想及外二则

储扉一直认为，这座太空站以"深空之门"为名时，就已经在所有宇航员的心中埋下了恐惧。当你每天早晨睁开双目，看到深邃的宇宙就在眼前，如同无底深渊，足以让你心胆俱裂。储扉认为，每个人都会悄悄问自己，这道门打开的时候，他们将会坠落何处。

　　储扉是深空之门执业时间最久的心理医生，今天是他在这里工作的最后一天。他将回到地球，再也不回来了。部门里已经开过了欢送会，人人都羡慕他能在春节前争取到这个名额。储扉毫不怀疑，这次申请，中国人回家过年的传统给他加了分。想起多年未见的亲朋好友，想到那些必有的聚会和合家欢酒宴，储扉突然有点惶恐。他将要以什么样的身份回家呢？太空英雄，还是逃兵？

　　新来的小姑娘送了他一顶瘟疫医生用的面具，模仿的是中世纪威尼斯爆发黑死病时医生使用的鸟嘴形面具。很多中世纪的医生认为，这样的装扮可以欺骗病魔。储扉很喜欢这个面具。在黑死病流行的那个时代，瘟疫医生能做的事情相当有限，他们更是许多病人临终前忏悔和诉说遗言的对象，这可以算是心理医生的起源。储扉在欢送会上喝了不少酒，此刻还宿醉未醒，头疼欲裂，但是，第一个患者已经来敲门了。

一　变兽妄想

　　第一位患者是一名混凝土工，波斯人阿罗喊。他为太空站的扩建工程生产混凝土，主要材料来自月球。和地球相比，此地所需的水泥、添加剂、水，以及时间等都不同，对工种的技术要求很高，工作强度也很大。阿罗喊看上去体格粗壮，但走进来时满脸愁容，佝偻着身子，双肩耸立，充满神经质般的不安。他扭头的时候，似乎头能后转180°。

　　"请坐。"储扉指了指对面的躺椅。

　　"节日快乐，医生，"阿罗喊咕哝着道，"虽然我不知道今天是什么节日。"

　　储扉意识到治疗室内庆贺他返回地球的彩带还没有取下，而自己的脸上还套着那个可笑的鸟嘴形面具。他道了歉，手忙脚乱地开始解面具上的皮带子。也许，要对着镜子他才能除下这东西……

　　"不，这样挺好，请你不要摘掉它，医生。我可能会觉得这样更自在一些。"

　　"随你所愿。"储扉正想掩饰不听使唤的手指。他刚坐回自己的椅子上，阿罗喊便已经迫不及待地开始了讲述。

　　"我觉得自己是一只狼，想要四肢着地奔跑，想要伸长脖子号叫。

这里的月亮又格外的大，我每天要看16次月升月落，月圆之夜简直要逼疯我了。"

储扉嚓嚓地记录着，偶尔抬起眼看看谈话对象。

"什么时候开始的？"

"上次月圆的时候。"

"你有什么诉求？"

"送我回地球。"

"哈哈，"储扉停下笔，忍不住笑了起来，"每个人都这么要求。一枚太空发射系统的火箭价格是3亿美元；欧洲'阿利安5号'运载火箭每次发射费用约为1.65亿美元；'德尔塔4'中型火箭每次平均发射费用为1.64亿美元；就算比较便宜的俄罗斯'联盟号'宇宙飞船，每个座位的报价也达到8000万美元。你知道我们每送一个人上来，需要花费多少钱吗？所以，不是特别必要的话，我不会放你下去。"

阿罗喊看上去有点沮丧。

"别担心，我们先试试看能否找到你的病因。变兽妄想不是很常见，但我在地球上时，曾见过几个案例。有几个人总觉得自己是獾，是鸭子，是猪。他们走起路来也像妄想中的动物，甚至会在泥水里打滚。他们共同的特征就是想要从生活中逃跑。你不喜欢太空站的生活？"

"不喜欢。我们穿着一样的工作服，同时起床，吃一样的太空餐，闹铃响了同时睡觉，生活得像整齐划一的群体，但实际上我和他们无话可说。我不是人，身边没有同类，这个念头快要让我发疯了。"

储扉写下：害怕交流，担心失去自己。

"你看我们有不同的节日，会照顾到不同文化的人群。刚过完圣诞，马上就要到中国人的春节了。你的国家有什么节日？雅勒达节？努鲁兹节？你可以向太空站申请一下。"

"我对人类的节日已经不感兴趣了。我知道变兽妄想是什么。我没有童年创伤，没有受到精神刺激。我不想自杀，只想回家。"

"唔，这样的努力还不够。只要官能健全，上面就会要求你们继续干下去的。我可以给你开一些药。"

"医生，你的药对我没有用。"病人悲观地说，"只有鲜血可以短暂压抑我的冲动。"

储扉发现他的袖口上沾了一点血迹，不由得严肃了起来："口袋里装了什么，给我看看。"

阿罗喊四下看了看，无奈地将口袋里的东西掏了出来。那是一只断了脖子的鸡，胸部还有被撕咬的痕迹。

"对不起，昨天半夜我溜出睡眠舱，实在忍不住，闯入了农场实验室……当鲜血灌入我的喉管，如同银子铸就的月亮在胃里融化，我意识到，这才是生活的意义……"阿罗喊舔了舔舌头。他的舌头长长的，还很灵活，如同一条红色的蛇。

储扉迟疑了起来。他还是第一次遇到"狼"。狼毕竟是肉食动物，这类妄想可能会对身边的人带来威胁，这是太空工作一直所严厉禁止的。

储扉在病历上写下：不适宜现任工作。

但是，有什么东西阻止了他的笔尖继续前进。交接飞船上的位置是有限的，如果放这名工人下去，他明天的舱位就会被顶替掉，而下一艘飞船在两个月以后才能抵达，他会赶不上回家过年。不，一定还有别的方法。

储扉把刚写上的字划掉了。

"医生，我该怎么办，你能帮帮我吗？"阿罗喊陷在椅子里，显得非常沮丧。

"治愈变兽妄想是件困难的事，但也不是完全没有办法。下面我要给你做个深度催眠，请你仔细听我说的每一个字。等一下我会从1数到20，每数一个数字，你的身体就会更放松，内心就会更宁静。等我数到20的时候，你就会进入催眠状态了。1、2、3……"

10分钟后，阿罗喊从催眠状态中醒来，他完全不记得治疗过程了。只觉得自己精力充沛，信心十足，着急地想要投入工作。越是那种枯燥乏味、消耗体力的工作，他越开心。

"医生，我好了？"

"不算全好，但你的问题已经不至于影响工作了。我会再给你开些药，一些抗精神病药、抗抑郁类药，以及20斤牧草。如果你半夜觉得自己想反刍也不用担心，这都是正常的……"

储扉看着阿罗喊兴高采烈离开的背影：他步子迈得很稳健，肩膀宽厚，头向前顶，完全变了个人，或者说，完全变了个动物——一头耐劳肯干的牛。

太空站需要的是社畜，不是野生动物。

下一个病人到来前还有一点时间，储扉回到镜子前，开始耐心地解面具上的带子。他取下面具，如他所想的那样，镜子里呈现出的是一只鬃毛森森、獠牙直立的猪。

二 天助自助者

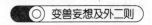

第二名患者是慌慌张张地闯进门来的，几乎将屋里的椅子撞翻。

"医生，我的心跳找不到了！"

储扉慢条斯理地拉开椅子："等一下，不要着急。做过心电图了没有？"

"就是心脏科医生建议我来找您的。"

病人心急火燎，几乎等不及躺下。他是一名A国人，名叫阿倍仲，看上去比实际年纪老很多，头顶全都秃了，满面颓败之色，如同正在坍塌的老房子。储扉从病历上看了下他的职务——计算机工程师，俗称程序员，所以他的状态应属正常。

他的工作业绩是全优，所在岗位看上去也很重要，是维护太空站主机的主程序员。

储扉抱怨道："怎么什么样的病患都往我这里推呢？我又不管心脏问题。"

"但是除了心跳找不到外，我没有任何不舒服的地方。内科医生认为这是心理问题。"

储扉怀疑地看了看四周，确定没有恶搞的摄像头。

他伸手摸了摸阿倍仲的脉搏，果然什么也没有摸到。

"这倒是很有趣。试过AED①了吗？"

"试过，被电击的滋味真不好受。而当我知道电击无效后难受就翻倍了。"

"多长时间了？"

"第一次发现心跳没有了是在一年前吧。起先还有一点点微弱的感知，到后来就完全没有了。因为也没有影响到工作，当时我们部门又很忙，就没有去查是什么原因。"

看来这是个长期的病征啊，储扉扶了扶额头。这里面有一点疑问，太空站主机刻耳柏洛斯——深空之门的门卫——每天都会监控所有太空站职员的身体数据，怎么会错过这么重要的问题而没有处理呢？

储扉又问："为什么今天这么着急地过来呢？"

"刚刚我发现呼吸也没有了，可能是肺也不工作了吧。"

储扉连忙拿了一瓶试剂让他往里吹气，果然一点反应也没有。

他沉吟起来："从体征上看，我应该给你开死亡证明书了，但你的思维、行动显然都还正常。"

程序员急得额头上的汗都冒出来了："我不想死。我年纪轻轻的，还

---

① AED：自动体外除颤器。

没有尝试过生活的真正滋味呢。"

"也许是一种官能症……"储扉沉思着，"我认识一个躲在成都的作家。他一写稿就心脏停搏，但日常养狗、逗猫，甚至干重体力活就没有任何状况。他查遍了CT、彩超、冠脉造影、核磁共振，也没有发现问题。心脏是个很特殊的器官，心主神明，心思迷惑，心血不足，就会出问题。如果真是心理问题，寻找起因，将是个复杂的探查过程了。"

他找来心电图机，给阿倍仲连接上电线。果然，心电图是一根直线。

"作息还好吗？"

"能吃能睡。"

"日常娱乐活动怎么样？"

"天天加班，也没有什么娱乐。"

"一年前有发生什么特殊的事情吗？"

"特殊事件……就是我们部门调入了一个女员工。很奇怪，专业完全不对口。她是学植物学的，所以只能在我们的桌头摆摆花盆什么的。"

"刻耳柏洛斯分配的？奇怪，电脑通常不会出错。她肯定觉得你们部门需要绿植，也许可以给你们提供更多氧气？"

"我们是理科生，摆一盆仙人掌就能防辐射这种说法……嘿嘿。"阿倍仲用把气体从鼻孔里哼出来的方式表明态度。但考虑到他哼出的气体和吸入的气体成分一致，说明在这件事上他并没有自己想象的那么高的发言权。

"再和我说说这个女人。"储扉发现心电图突然有了一点点波动。

"啊，没什么好说的。长头发、瘦小、干瘪、容易脸红，可能身体不够好，老是抱怨冷，喜欢看星星什么的。"

心电图上果然起了一点点疑似心跳的反应。

"继续，有没有具体点的。"

"昨天，她问我要不要换一盆蝴蝶兰时，我正在加班，没有理她，但是突然有一点儿眩晕的感觉。我从不晕船，也没有情绪问题。"

储扉啪地合上本子。

"去找她，说爱她。这是救你的唯一方法。"

"什么？"阿倍仲的下巴几乎掉到了胸口上。

"你极度缺爱，如果她爱上你，那你就得救了。留给你的时间不多了，继续发展下去，你的大脑也会停止工作。你身体的各部分机能都在下降，总有一天会变成一个空壳。

"太空站主机把她调到你的部门，很显然，它也发现了问题，在想办法拯救自己最重要的程序员。它没有想到，经过了一整年的努力，你依然是只单身狗。"

三　妄想成真

储扉看了下日程，发现今天还剩最后一名预约的患者，来自南亚一个偏远地区的宇航员，泥涅师。

如同一名优秀的心理医生那样，从病人进门那一刻，诊断就已经开始了。

泥涅师进门时，虽然在暗自镇静自己，但面色十分吓人。他瘦削、苍白，似乎有点营养不良，但是自控能力强大。

"睡眠不好？"储扉抢先开口。

"是的。我不敢睡，我在这里很少做梦。而且一旦做梦，就会有些可怕的事发生。我之前没有想到太空会这么邪恶，面对窗户时，就好像可以触碰到隐约的宇宙形状。它太大了，大到我们永远无法真正理解它的含义。"

"什么样可怕的事？噩梦吗？"

"梦本身不一定，有的幸福，有的恐怖。我说有可怕的事发生，是指第二天。在梦中见到的人和物体，我在第二天都会真真切切地看到他们就在这里。有些东西不合逻辑，比如狼人，比如独角兽，但它们越来越多，逐渐挤满了整个太空站。"

"你做什么工作的？"

"维修工程师，负责外太空行走和修复。"

"常喝酒吗？"

泥涅师责备地看了他一眼："我们滴酒不沾，这是工作需要。"

"最近吃药了吗？"

"也没有。"

"工作上有什么不顺利的地方吗？"

"都很好。"

"能看见不存在的东西？"

储扉在病历本上写下：幻视，排除药物滥用和酒精滥用，猜测杏仁核和视觉皮层同步异常活跃激活。

对待此类病症，他有标准答案，顺口就溜了出来："很多人都会出现这种情况，不用担心，就是可能最近你压力大了，产生了幻觉。我以前也有类似的经历，休息好了就……

"让我解释一下，幻觉是这样产生的。正常视觉过程中，物体在视网膜上成像，然后转化为电信号，经过外侧膝状体到达视觉皮层，并受到额叶反馈信号的辅助，使我们从而能看到物体。

"所以，只要这条视觉通路上有信号，我们就能'看到'物体。我们不能直接判断这是不是幻觉。就好像《黑客帝国》中的那样，只要给你的大脑刺激，你根本不会察觉自己身处何方，除非靠先验知识。例如，我们知道太空站里不可能有独角兽，所以当我们看见独角兽时，便认为那就是幻觉。我们知道不可能凭空出现一个视觉刺激，所以看到它的时候会明白这不是'真实'存在的。而通过用手去触摸，用耳朵听，鼻子闻，都和我们的视觉感受不同，也就证明这是一个幻觉。"

"我不知道你说得对不对，医生。《黑客帝国》？那是什么？"

"一部有名的科幻电影，你没有看过吗？"

"我不怎么看科幻电影，我更喜欢魔戒、纳尼亚、狼人这些。如果我能听到它，闻到它，甚至摸到它呢？"

"那说明你的大脑障碍行为更上一个台阶了。"

"不仅仅是我，其他的人也行。蔡萧剑，我的同事，就告诉我他也看见了。"

储扉哈哈大笑起来："可能你这个同事也是个幻象。让我来查一下……奇怪，他确实在船员名录上，是你的当班伙伴。那么他和你说的话可能不是真实的，是你想象出来的。"他解释说："幻觉，如果被另一个人也看见，那就不是幻觉了。"

"最近的情况更糟糕了。哪怕是白天，我醒着的时候，如果我真真切切地想起来什么，也能变成真的。"

"我们还是不要随便使用'真的'这个词……顺带说一下，你口袋里有什么在动，是宠物吗？"

说时迟那时快，一个红色尾巴的小妖精从泥涅师的口袋里溜了出来，邪恶地瞪了储扉一眼，然后飞快地钻入桌子缝里，不见了。

"啊啊啊！"储扉指着桌缝，扯着嗓子喊了起来。

"就是这样的。"泥涅师抱歉地说，"我疲惫的时候，这些东西就会不断诞生，现在这个太空站里，不现实的东西越来越多了。"

"这个有点麻烦了。等一下，我要先喝一杯。"储扉说。昨天的聚会上人们把他精心藏起来的酒全都喝完了，他好不容易才找到了最后一点儿威士忌。

储扉把威士忌一饮而尽，待了良久，才再次开口："我年轻的时候，曾经四处游学。在印度北部靠近喜马拉雅山的村落，我曾经遇到过一些僧侣，他们可以用意识的力量创造出实体的佛像，当然只能维持很短暂的时间。我一直认为那是魔术，不知道你是怎么做到的。你意识到的，并不一定是好的意象是吗？我期望你近期没看过什么恐怖电影……啊，我错了，不应该提这个词。"

储扉意识到自己犯下大错。他提起了"粉红色的大象"。

"粉红色的大象"是一个心理学实验，实验证明你永远无法"不要想起"些什么。

如果参与者被要求不要去想象房间里面有一头粉红色的大象，他们的脑袋里会无可抑制地出现粉红色的大象。

房间里变得冷飕飕的，好像有什么邪恶的东西就要从黑暗深处爬出来。储扉不敢回头，担心背后隐藏着不可想象的恐惧生物。

储扉从来不看恐怖电影，因为他童年时曾经被《画皮》吓破了胆，那些恐怖电影光是海报就能把他吓得尿裤子。绝对不能在太空站闹鬼！这是储扉的底线，他疯狂地试图自救。他拖过椅子，让自己靠近病人："我要给你做个深度催眠。等一下我会从1数到20，等我数到20的时候，你就会进入催眠状态了。1、2、3……"

储扉好不容易才把泥涅师脑子里的恐怖电影形象抹去。实际上，在慌乱中，他太过用力，把宇航员关于地球的大部分概念都抹去了。不过，问题不大，宇航员的真实记忆会逐步恢复，只要他忘了两分钟前的对谈就行。

储扉气喘吁吁地擦了把汗。房间的温度也恢复了正常，那些恶心的或者恐怖的东西与泥涅师的意识擦肩而过了。

他很想再去找地方喝一杯酒，但他决定再接再厉，快速地把今天最后一个问题解决掉。

"关于你的心理问题，我有一个未经证实的治疗方法。让你的妄想产物意识到它们是被想象出来的，就可以破除这种妄想。那时候，你所妄想出来的整个世界都将进入一个连锁反应，它们会逐步消失。"

泥涅师流露出怀疑的面色："我可以试试，但我怀疑他们有足够的智力能破除障碍。"

"你可以想象一个智者、一个喇嘛或者一个和尚，他们更容易理解世界是虚幻的这个概念。要知道，你创造出来的世界必定会有破绽，你不理解的概念就无法被想象出来。"

他一语点醒了病人，泥涅师露出恍然大悟的表情："我这就去努力。谢谢你，医生。"

最后一名病人终于满足地离开了。

储扉叹了口气，把名牌从门上取了下来。今天是他在太空里工作的最后一天，他的行李早已经收拾好。

他终于可以回家过年了。他需要一个崭新的开始，把这一年的糟糕运气甩在脑后。这个万劫不复之年，他见识了太多可怕的人和事了，希望明年一切都可以重新来过。

他要回家，向自己爱过的女孩表白，和她在野地里玩耍，也许会生12个孩子……可是突然间，他发现想不起来家里的地址了。他想不起女孩的名字，想不起自己在哪所大学毕业，想不起自己有哪些朋友，他已经定下的那些聚会似乎也记不得了。

他翻起自己的行李，发现没有一张照片，没有一本书，可以证明那个古老的地球存在过。一切关于地球的记忆都消失了。

"你不理解的概念，就无法被想象出来。"他对泥涅师说的这句话闪电般地闯入脑海。他站到镜子前，发现自己的身体正在变成半透明，自己正在消散，连同心理治疗室里所有的物品。他意识到自己是第三个病人泥涅师的妄想产物，而这将是他为这个太空站做出的最后贡献。

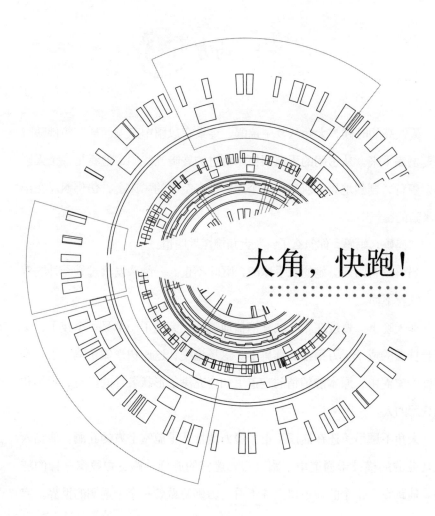

大角，快跑！
· · · · · · · · · · · · · ·

一　药方

　　天快亮的时候，大角从梦中惊醒，鸟巢在风雨中东颠西摇，仿佛随时都要倒塌下来。从透明的天窗网格中飘进的昏暗光线中，他看见一个人影半躬着背，剧烈地晃动双肩。这个人影坐在空中的吊床上，仿佛飘浮在半明半暗的空气中。

　　"妈妈，妈妈，你怎么了？"大角惊慌地叫道。

　　妈妈没有回答。她的双手冰凉，呕吐不止。一缕头发横过她无神的双眼，纹丝不动。

　　那天晚上，瘟疫在木叶城静悄悄地流行，穿过了一个又一个枝干，钻进悬挂着的成千上万摇摆的鸟巢中。这场瘟疫让这座树形城市陷入了一个可怖的旋涡中，原本静悄悄的走道里如今充满了形状各异的幽灵、死神和抬死尸的人。

　　大角不顾吊舱还在摇摆不止，费力地打开了舱室上方的孔洞。他钻入弯弯曲曲的横枝干通道中，跑过密如迷宫的旋梯，跑过白蚁窝一样的隧道。他趴在一个个的通道口上往下看，仿佛俯瞰着一个个透明的世界。室内人的影子倒映在透明的玻璃上，遥远而虚幻。

　　大角窥视着一个又一个鸟巢，终于在一个细小分岔尽头的吊舱里找到了正在给病人放血的大夫。大夫是个半秃顶的男人，他的脸色在暗淡的光线下显得苍白和麻木，他的疲惫不堪与其说是因为过度劳累，还不如说是意识到自己在病魔之前无能为力。病人躺在吊床上，无神的双眼瞪着天空，手臂伤口中流出来的血是黑色的，又浓又稠，他的生命力随着鲜血冒出的热气丝丝缕缕地散发在空气中。

大夫终于注意到了他。他冲孩子点了点头，心领神会。他疲惫地拎起药箱，随他前行。一路上默默无声。

在大角的鸟巢里，大夫机械地翻了翻妈妈的眼皮，摸了摸脉，摇了摇头。他甚至连放血也不愿意尝试了。

"大夫，"大角低声说道，几乎要哭出来了，"大夫，你有办法吧？你有办法的吧？"

"也许有……"大夫犹豫了起来，摆了摆手，"啊，啊，但那是不可能办到的。"他收拾起看病的器械，摇摇晃晃地穿过转动的地板，想从天花板上的孔洞中爬离这个鸟巢。

但是大角揪住了大夫的衣角。"我只有妈妈了，大夫。"他说。他没有直接请求大夫做什么，而是用乞求的目光注视着他。有时候，孩子们的这种神情是可以原谅的。大角只是一个瘦弱、单薄、苍白的孩子，头发是黑色的，又硬又直；眼睛很大，饱含着橙色的热泪。不知道为什么，即使是看过无数凄凉场景的大夫也觉得自己无法面对这孩子的目光。

大夫不知所措，但是和一个小孩总是没得分辨的。再说，他做了一天手术，又累又乏，只想回去睡个好觉。

"有一张方子。"他犹犹豫豫地说道，又悄悄地往后退去，"曾经有一种万应灵药，我有一张方子记录着它。"

"在过去的日子里，"大夫沉思着说，"这些药品应有尽有，所有的食品、奢侈品应有尽有。可是后来贸易中断了，那些曾经云集的大黑帆、充斥码头的身着奇异服装的旅行家、装满货物的驮马都不见了。而后来，只剩下了贪得无厌的黑鹰部落。现在我们什么都没有了，没有了。"他那瘦长而优雅的手指，神经质地不停敲打着药箱的皮盖："没有了。"

"告诉我吧，我要去找什么？"大角哀求说。

大夫叹了口气，又偷眼看着孩子，看他是否有退让的打算："要治好你妈妈的病，我们需要一份水银、两份黑磁铁、一份罂粟碎末、三颗老的皱了皮的鹰嘴豆、七颗恐怖森林里的金花浆果，最后，还需要一百份的好运气才行。"

趁着大角被这些复杂的名词弄得不知所措，大夫成功地往门口靠近了两步。"这些东西只有到其他城市去才有可能找到。"大夫嘟囔着说，"到他们那儿去，或许他们那儿还会有吧。"

"其他城市？"大角惊叫起来。

"比如说，我知道蒸汽城里——"大夫朝窗外看去。在遥远的下面，很远很远的地方，一座黑沉沉的金属城市正蠕动着横过灰绿色的大陆。"那些野蛮人那儿，总会有些水银吧——"

大夫告退了。临走前，他再一次地告诫说："要记住，大角，你只有七天的时间。"

木叶城是一座人类城市，当然是大进化之后的那种人类城市。在大进化期间，人类分散成了十几支种族，谁也说不清是各种城市的出现导致了大进化，还是大进化导致了各种城市的分化。

木叶城就像由一棵棵巨型的参天大树组成的城市。那些住满人的小舱室，像是一串串透明的果实，悬吊在枝干底下，静悄悄地迎着阳光。每一棵巨树可以住5000人。在最低的枝丫下两三百米处，就是覆盖着整个盆地的大森林顶部。从上往下望去，那些粗大的树冠随风起伏，仿佛一片波澜壮阔的绿色海洋。他们的高塔是空气一样透明的水晶塔，藏在森林的最深处。森林是城市唯一的产业，帮助他们抵御外敌，为他们提供食物、衣服以及无忧无虑的生活。

大角蹲坐在透明的飞行器那小小的舱室里，轻盈地随风而下。其他的小孩在他的上空尖叫、嬉闹、飘荡，偶尔滑翔到森林的上层采摘可食用的浆果。他们是天空的孩子，即使瘟疫带来的死亡阴影依旧笼罩在他们头上，也没有什么东西可以阻止他们快乐的飞翔。

有一个他认识的小孩在他上方滑翔回旋。他叫道："嘿，大角，你去哪儿？和我们去耶比树林吧，今天我们要去耶比树林玩。"大角没有搭理他。他让飞行器继续下降，下降到很少有人涉足的森林下层空间，下降到藤蔓纠缠的地面。那些密密麻麻的葛藤和针刺丛是保护木叶城的天然屏障，但在森林边缘，这些屏障会少得多。

已经是秋天了。无数的落叶在林间飞舞。飞行器降落在林间空地上，仿佛一片树叶飘然落地。

森林边缘地带的林木稀疏，大角把飞行器藏在一片大叶子下，把手指伸进温和的空气中。林间吹来的风是暖暖的，风里有一股细细的木头的清香，细碎的阳光洒落在他的肩膀上。踏上坚实的大地的时候，他小小的身体不由自主地颤抖了一下。他的背上有个小小的旅行袋，背袋里装着食物，还有一条毯子。他的腰带上插着一把短短的小刀，刀子简陋但是锋利，那是妈妈送给他的生日礼物。城市里的每个男孩都有这样的一把刀子，用来削去荆棘，砍摘瓜果。大角爬起身来，犹豫着，顺着小道往有阳光的方向走去。

稀疏的森林在一片丘陵前面结束了，坚实空旷的大地让他头晕。他想起妈妈以前讲述过的童话故事，在那些故事里，有生长在土地上的房子，它们从不摇动，也不会在地上爬行。那些小小的红色尖屋顶鳞次栉比，迷迭香的气味弥漫在小巷里，风铃在每一个窗口摇曳。如今那个年代一去不复返了。

还有七天。

肉眼就能看见地平线上正在堆积起一朵朵的云，它们由于携带水汽而显得沉重不堪。望着那些云朵在山间低低地流动，大角仿佛看见时间像水流一样在身边飞奔，盘旋而逝；而那些毒素在妈妈的体内慢慢地聚集，慢慢地侵蚀着肠胃、心脏，慢慢地到达神经系统，最后是大脑。

"不要。"他拼命地大声尖叫，使劲搅碎身边的时间水流，向着地平线上缓慢前进的黑色城市飞奔而去。

二　水银

大角跑啊跑。他跨过稀疏的灌木，绕过低矮的山丘。他跑近了那座超大尺度的钢铁怪兽。

越靠近这只怪兽，就越能感到它的庞大。这只山一样高大的怪兽正喘着粗气挪动身躯，巨大的黑色屋顶向南延伸着，压着地平线上的一座座山丘——铁皮屋顶环抱的中央，棱角分明的黑色金属高塔刺破天空。这座城市每到一处，就在地上犁出200道深达10米的沟壑；每喘息一声，就从背上的4000个喷嘴中吐出上千吨的水蒸气和呼啸声。在它的脚下，大角就像是巨象脚下的一只蚂蚁。

这就是蒸汽城。可怕的巨无霸，可怕的钢铁城市。

在这个城市中，每一座建筑都是相互插入的单元组合体，仿佛扩散的细胞单元一样。它们都是模数化的、可移动的，并可以从其组合的对象中抽离。密密麻麻的人群拥挤着，生活在其中。大角害怕地想到，在如此拥挤的细胞单元，身体接触几乎不可避免。这要比黑暗、嘈杂、杂乱无章……这座城市给他的所有其他印象加起来还要让人难以接受。

尽管害怕得直打哆嗦，但他还是追上了城市的入口。蒸汽城的大门是悬在半空的黑色金属阶梯，斜支着伸出城市的躯体，仿佛一柄锋利的犁头。在它锋利的锐角上，包裹着一路上翻起的土坯和草皮。大角在城市的行进过程中发现了一个高起的土丘，他爬上去，站在顶端；当黑色的金属阶梯喘息着爬行过来的时候，他伸手攀住阶梯的下沿，跳了上去，就像在大风里从树干上跳入摇晃的飞行器中一样轻松。

这里面是一个永恒地发着低沉响声的黑暗洞穴。这儿永远摇摇晃晃，没有停止的时候。闯进耳朵的喧嚣噪音也撞击、震荡着整个洞穴。

大角站在洞口。他看见下面一座座无比庞大的机械装置，被暗红色的火光映照着，机器脚下围绕着一群群的小人，仿佛一堆弱小的蚂蚁围绕着巨大的奇形怪状的甲虫尸体忙碌不停。

大角慢慢地走了过去，那些小人变成了高大的、全身都是起伏的黑色肌肉的大汉，他们挥汗如雨，忙忙碌碌。他们的头上、身上投射着，挥舞着，旋转着巨大的金属长臂的黑影。一个铁塔一样的黑大个拦住了大角。他用一种厌恶的神情看了大角一会儿。"啊，这个——是——什么？"他叫道。

"我是个孩子。"大角怯生生地说，"我是来找水银的。大夫说，我能在这儿找到水银。"

"孩子？"黑铁塔皱着眉头使劲地盯着他看，"够了，你是从木叶城来的吧？啊哈，你就是那些无所事事的资产阶级享乐分子中的一员吧。你们总是索取，就没有想到过付出。"

"我不是享乐分子。"大角辩解，"我只想要一点点水银。"

"啊，没错，我们这儿有水银。"黑铁塔吼着说，"但是你得用劳动来交换，不劳而获是可耻的。"

"可是我的妈妈……"

"好了，你想不想要水银？"

大角咬着牙不吭声了。

"跟我来。"黑铁塔伸出大手，拉着他走了进去。大汉长满老茧的大手握住大角的胳膊的时候，大角猛地打了一个激灵，只是因为想到了妈妈，才没有叫出声来。

大角走得离那个大机器更近了，热气冲入他的头脑和肺，让他头晕目眩。黑沉沉的洞穴壁上映照着火焰跳动的影子，水珠从上方不停地滴下，弄得这儿湿漉漉的。

他看到了20头围着水车转个不停的骡子，它们戴着眼罩，低着头一步一步地踩在自己的脚印上；他看到了数不清的大汉，他们有的人没有右手，腕上装着铁钩，使劲地转动轮盘，黑乎乎的机油在肩膀上流淌，汗水飞溅在他们脚下。大机器发出轰鸣的巨响和有节奏的撞击声。

黑铁塔狂喜地咆哮了一声，然后加入了他们的行列。他把一个曲柄让给大角，吼道："转动它。"

"为什么要转它？"

"不为什么，只是转动它。"

"可这些都是为了什么呢？"大角疑惑地说。

"别管那么多，劳动让我们快乐。"

"可是你们为什么要劳动呢？"大角要费上所有的劲才跟得上大汉们的节奏，可他还是张开嘴不停地问啊问。

"我们的劳动会让这城市行走。"

"城市要到哪里去？"

"不知道，我们不需要知道。运动是生命，我们只要运动。"黑铁塔吼道。

"你们为什么不让机器自己转呢？"大角说，"为什么不用省力的方法呢？"

"你怎么有这么多为什么？"黑铁塔叫道，"你想要更省力吗？啊哈，想要偷懒吗？"

"我们要劳动啊，嘿呦，掌心涂上松香啊，嘿呦……"黑铁塔喊起了号子。

"我们要劳动啊，嘿呦，擦亮每颗螺钉啊，嘿呦……"他们回应道。

"劳动让我们生存啊！"黑铁塔咆哮着说。

"劳动最快乐啊！嘿呦。"大家一起回应着。

一声尖利的汽笛声在洞穴中呼啸，几乎把大角的耳朵震聋了。大机器的各个孔眼中冒出滚烫的蒸汽，嘶嘶作响，人影淹没在其中。

"好啦，弟兄们，时间到了，"黑铁塔疯狂地叫道，"转回去，现在往回转啊。"罩着眼睛的骡子被吆喝着调转头，继续周而复始它们的圆圈；黑汉子们绷紧肌肉，淌着热汗开始向另一个方向用劲。轮盘在倒着转；长臂在倒着挥舞；被提升到高处的水，一桶桶地倾倒回金属深井里。时光仿佛正在倒流。

"可这是为了什么呢？"大角低声问道。没有人回答他。

大角劳动了整整一天，他细细的胳膊一点劲儿都没有了；他的脸上布满了黑色的机油，猛地看上去，他和一个劳动者也没有什么差别了。

"好样的，小伙计，"黑铁塔伸出他的大手拍了拍大角的肩膀，"第一天干成这样就不错了。给你，这是你要的东西。如果你愿意，我们也可以收回这份报酬，给你发一枚劳动奖章。"

劳动奖章啊，所有人都充满妒忌地望着大角。水银流动着，冒着火热的白气。大角聪明地拒绝了这份荣誉。"我还要赶路呢，再见，大叔。"他匆匆忙忙地把药包揣在怀里，跳下蒸汽城大门那巨大的黑色阶梯，跑远了。

黑铁塔在后面叫道："劳动与你同在，孩子。"

三 磁铁

大角跑啊跑。他觉得蒸汽城里那单调的歌声一直在后面追赶着他。他跨过了清清的小河，跑过繁茂的草地，地平线上的云压得更加低垂了，带着湿气的风从草原的尽头吹来。

还没有到傍晚，暴风雨就来临了。眨眼工夫，大雨倾盆而下，天空中电闪雷鸣，半透明的雨丝密密麻麻地交织成白色的帘幕，黑夜仿佛提前降临了。大角什么都看不见，他不得不摸索着爬到一棵歪倒的老橡树上躲避这场暴风雨。他用小毯子裹着上身，趴在粗大的枝丫上，冰冷光滑的皮肤贴着树皮。半夜里，雨小了一些。大角不舒服地蜷缩着，似睡非睡，在静寂中听着沉重的雨滴响亮地从高处砸在树干上。

第二天，大角醒来的时候，觉得全身又酸又痛。雨停了一会儿，四周的一切都是湿漉漉的。裸露的皮肤接触到潮湿的空气，他觉得很冷。

一阵阵浪花拍溅声传到他的耳朵里。这是大海的声音吗？

大角翻身爬起来，把小小的背囊飞快地收拾好，朝海边跑去。他还从来没有看到过大海呢。

海岸边长满低矮的棕榈和椰子树，沙滩上散布着东倒西歪的树干和烂椰子。大角跑过金色的沙滩，沙子漫过他的脚面；大角越过那些黑色的礁石，看到了波光粼粼的大海。

承接了一场暴风雨的大海依旧雍容平静，唯一的声响，就是长长波浪永无休止地撞击沙滩的低语声。"啊，啊，啊。"大角轻轻地叫道。大海就像是高高的木叶城脚下一望无际的森林顶部，它比无风日子里的森林还要光滑柔顺。浪花扑他的脚踝，弄湿了他刚刚被早晨的阳光晒干的衣服。

眼尖的大角一眼看到了遥远的水面上漂浮着什么东西，它们像水浮莲一样，团团围成几圈，随波逐流，越漂越近了。

"哈，那是赫梯人的浮游城市啊。"大角高兴地叫了起来。那是另一座人类城市，那是快乐之城啊。

浮游城市漂近时，他看到那上面一层层皱褶式的棚屋紧紧地挤在一起。在靠近水面的地方，到处都是开放的小码头、浮动的桅杆和旗帜，时隐时现的人影使码头显得生机勃勃。水面上小船来来去去，几条大船在那儿转圈撒网。

他们很快发现了独自站在海滩上的大角。赫梯人总是望着远方。

"上来吧，小子。"一个离岸很近的小帆船上的水手喊道。他把船开到了离大角很近的地方，大角抓住了他伸过来的手，跳上了小船。

船上有三四个水手，都对着这个小孩微笑。他们都有青色的皮肤、光滑的胳膊和腿，脚趾分得很开，以便在摇晃的船上站得稳稳当当。"孩子，你要到哪里去？"那个拉大角上船的水手，带着有飘带的白色水手帽，拉着帆缆，开开心心地问他。

"我是来替妈妈找药的，"大角说，他把大夫的药方告诉了水手，"我已经找到了水银，可是我还没有其他的东西。我还没有磁铁，没有罂粟，没有金花浆果。"

"啊，即使是国王也没有这么多的宝物。"水手带着宽容的微笑说，

"可是我可以帮你搞到磁铁。等我们的工作结束，你就可以跟我来。"

雨又开始下，弄湿了他们的衣服和水手帽，他们还是很快乐。赫梯人总是快快乐乐的。

"再下一天雨，我们的储水舱就会满了。"一个脸色黝黑，有着栗色头发的年轻人带着心满意足的神色说道。听着他的语调，连大角也为他们感到高兴。

小船儿沉沉浮浮，渐渐远去的陆地仿佛也在一起一伏，大角觉得自己仿佛回到了在风中旋转的鸟巢中似的。他坐在船头，清楚地感受到了钓鱼的人们的欢乐。他们撒落鱼饵，把亮闪闪的鱼钩投入海中，拉线，银光闪闪的鱼儿为失去自由而狂蹦乱跳。

"我们在这儿钓了不少鱼啦。"水手说。他兴高采烈地吹响了返航的喇叭。他们高声呼喊着，把船桨插进桨栓，朝城市划去。

码头是一圈漂浮的木制平台，它们被链条连接在同样漂浮着的城市上。5万个巨大的浮箱装满了空气沉在水中，就是它们托起了整座城市。正是收网时节，平台边沿泊满了满载而归的拖网渔船、单桨船和三桅快船。码头上一片繁忙。船舱里的鱼没过了水手的膝盖，他们古铜色的皮肤上，油布衣服上，有鳞片闪闪发光。他们冒着小雨把成桶成桶的青鱼装进了大木桶和箱子里，街道上撒满了亮晶晶的鱼鳞。妇女们和姑娘们坐在长长的桌子前剖鱼，那儿弥漫着厚重的腥味，害得那些海鸥不断尖叫着朝她们俯冲。

水手降下风帆，在码头上系紧小船。他吩咐其他人留在那儿卸船，然后对大角说："孩子，跟我来。"他伸出手来，大角犹豫了一下，抓住了他的手。水手把大角扛在肩上，穿行在码头拥挤的人群中，躲避那些负重的人们。大角觉得自己就像驾着小船，轻快地分开人群的波浪前进。带着腥味的风从他的胳肢窝下穿过，他快乐地笑了起来。脚下那些忙碌着的人也在冲他微笑。赫梯人总是不断微笑。

"告诉我，水手，你们为什么快乐？"大角忍不住问道。

"为什么？啊哈，这可不是一个好回答的问题。"水手哈哈笑着回答，"我们活着，所以我们快乐。"这可不是一个令大角满意的回答。他皱着眉头，可是又不知道怎么再问。

水手带着他横穿过城市的环状地带，到了城市的圆圈海中。在柔顺的雨丝下，这儿的圆圈海就像一面平静的镜子，雾气从这里升起，使对面的城市变得朦朦胧胧的，而尖塔和屋顶却已穿过薄雾的覆盖。在圆圈海的一边，围成环状的城市留下了一个狭长的开口，像是劈开的峡谷。船只通过这个缺口进出内外海。

圆圈海是一个更大的港口，它停泊的是那些远洋的货船、高大的炮舰，还有可以装下600人的大船，水手的小帆船和它们比起来就像未满月的婴儿一样柔弱无力。这里的平台上挤满了来自远方的商人和冒险家，他们带来的浮游城市居民从未见过的货物散发着奇异的香味；他们带来的漂亮的丝绸和衣物发出炫目的光泽。"大夫说所有的贸易都中断了，"大角惊叹着叫道，"你们这儿的贸易始终没有停止吗？"

"啊，没有。没有什么东西可以拦住航海人的脚步。"水手自豪地说，"看到港口中央那些九桅的大帆船了吗？"大角看到了它们，它们有着与众不同的巨型龙骨，船头两侧描画着鲸鱼的大眼球。看着那些还留着风暴侵蚀痕迹的船体，就知道它们经历过多么不可思议的遥远航行。

"他们是从中国来的。他们带来了航海必需的指南针。"水手开心地说，"以后有一天，我也会到那样的一条船上去。我要当船长，带着我的船周游整个世界。"

所有高高的桅杆上都系着长长的飘带，像水手帽子上的飘带一样随风摆动。

"看，那儿是我们的高塔。"水手说。在水中央，有一个木制的200米高的风车固定在圆圈海的圆心位置，转动的风车叶片的最高点比最高的桅杆还要高。它在水中高傲地孤独地缓缓转动，安然静谧，但又带着不可阻挡的力量。"运动是我们的生命。"水手说。

一波巨大的震动摇晃着整个城市，此起彼伏的汽笛声响彻在圆圈海。

"出了什么事，水手？"大角惊疑地问。

"我们的城市要起锚了，我们将顺着洋流和潮水漂往下一个锚地。"

"告诉我，水手，你们为什么漂流？"大角忍不住问道。

"我们活着，是因为我们要了解这世界上的一切。"水手庄重地说，"我们赫梯人认为，每个人活着都有他必须要完成的使命，而我们的使命，就是环游世界，了解一切新事物，把它们记下来，并且告诉每一个人。我们刚从欧罗巴大陆漂过来，我们还将要漂到亚美利加去。"

"啊，你们的使命可真好。"大角说，"我现在的使命是救我的妈妈。"

水手带着大角到了修船厂，那儿泊满了破碎的航船。看那些被撕成布条的风帆和被浪头打烂的船舵，就知道它们曾经跟大海与命运勇敢地搏斗过。

活泼的水手微笑着从一艘破船上拆下了一个废弃的罗盘，从里面取出磁铁交给了大角。那块黑色的磁铁还带着海水和风暴的咸咸的气息。"祝你好运，孩子。"他对眼前这个又小又瘦的孩子说，"等你的妈妈治好了病，就和我去周游世界吧，你来当我的大副。"

大角惊讶地仰起头望着水手："啊，你会要我吗？"他从水手的眼睛里看到不是随口说说的神色，就快乐地叫了起来："哇，这太好了。不过我还要去问问妈妈。"

"那是当然啦。"水手说，"下一步你要去哪儿呢？你要去恐怖森林吗？如果潮水合适，我们可以送你到白色悬崖那儿，再往后你就得靠自己啦。"

夜里，快乐之城静悄悄地漂向南方的时候，大角就睡在码头上一间屋子里。

雨一直没有停。大角想，如果雨一直下，一直下，有一天，木叶城所在的地方也会变成海底。那时候，人类将会怎么生活？他们会建出海底的城市吗？也许他们还会长出鳃来，像鱼一样生活。他迷迷糊糊地躺着。他的目光从倾斜的窗子向外看去，看到外面的海洋很深的地方有鱼游过，有的光滑，有的长着鳞片。他这样看了一会儿，闭上了眼睛。他听到外面的海浪拍打着码头，像是拍打着他的耳朵。过了一会儿，他睡着了。

四　罂粟

天刚亮，大角就站在白色悬崖上，向他刚结识的朋友们招手告别了。在咸咸的海风中，他算计着剩下的时间——要抓紧啊，大角，剩下的时间

不多了。

大角把小小的背囊挎到身上，飞奔起来。

大角跑啊跑。他跨过了水草蔓生的沼泽，跑过光秃秃的卵石地。正午的骄阳如同灼热的爪子紧搭在他的肩上，汗水在他的背上画下一道道黑色的印迹。白色的道路沿着奇怪的弯曲轨迹，在他面前无穷尽地延伸着。

一阵喧闹声，伴随着叮叮咚咚的音乐，像天堂的圣光一样降临到他的头上。大角惊异地抬头，看到海市蜃楼一样的空中城市出现在他上方。

那是倏忽之城，库克人的飞行城市。它可以通过飞机和热气球移动。库克人都是天生的商人和旅行家，他们自由自在地在空中飘浮，唱着歌谣，和鸟儿为伴，随着风儿四处流浪。

他们看到地上奔跑的孩子，从城市的边沿探出身子看着。他们问："他是谁？他为什么要跑？他叫什么名字？我们拉他上来吧，风不是正把我们吹向他奔跑的方向吗？我们可以顺路带他一段呢。"

"嘿，好心的人们。"大角听到了他们的话，便跟着城市在大地上投下的阴影奔跑着，挥着手叫道，"我要上去，请让我上去吧。"

很快，从城市边沿垂下来一些软绳和绳梯，大角顺着它们爬上了库克人的飞行城市。

"你们能把我带到恐怖森林去吗？"

"只要风向合适，我们可以带你去任何地方。"库克人说。"你从哪儿来，孩子？"他们问道。

"我从木叶城来。我到过了蒸汽城，拿到了水银；我还到过了赫梯人的城市，拿到了磁铁；我还要去恐怖森林，那儿有我要的金花浆果。"大角回答说。

"哈哈，你是说地上那些无知的农夫吗？他们像蚂蚁一样终日碌碌，苦若牛马，不知享乐，他们那儿也能有这些好东西吗？"他们笑道，拉着手提琴，跳着舞步，簇拥着大角到那些漂亮的广场和大道上去了。道路和广场的两端绿树葱茏，花儿锦簇。

"你真幸运。"那些库克人说道，"我们正要上升，这儿的阳光不够好，我们要升到云层上面去。等我们升到云层上，就看不到你啦。"

大角好奇地四处张望。他看到阳光灿烂地铺在四周，照耀在每一片金属铺就的街石上。"我看这儿的阳光已经够好的啦。"他说。

"不，这儿的阳光还不够好，我们要拥有所有的阳光，每一天，每一刻。我们可以躺在广场的草地上，只是喝茶、玩骨牌，还可以什么也不做，把身子晒得黑黑的。"

"现在你们也要晒太阳吗？"大角小声地问道，偷偷地摸了摸自己晒得发烫的胳膊。

"不，现在我们要游行。"库克人快乐地叫道，"今天是游行的日子，我们要游行。"

巨大的热气球膨胀起来，所有的发动机开足马力，向下喷射着气流。飞行城市高高地升到了云层上空。现在阳光更灿烂，更辉煌了，所有那些镀金的屋脊、金丝楠木的照壁、金色的琉璃瓦在阳光下闪闪发光，整个城市变成了被明亮的太阳照得明晃晃的巨大舞台。

游行开始了，大概所有的库克人都挤到了街道和广场上。他们抬着巨大的花车，还有喷火的巨龙，盔甲武士骑在高大的白马上，街道两侧的高楼上在向下抛洒鲜花，站在阳台上的人们开始弹唱。人群中的小伙子和姑娘互相追逐，发出快乐的尖叫。白种人、黄种人、黑种人和各种混血儿穿着绣满花纹的软缎、带花边的罗丽纱、华贵的天鹅绒，就连奴隶也披着带金线流苏的紫色缎子站在队伍中。空气中散发着浓烈的香气，那是从欢乐的人群中，从道旁的小花园，从金丝楠木制造的轻巧屋子，从每一个角落散发出来的薰衣草香、檀香、麝香、龙涎香。这是一股混杂各种香气和色彩的快乐洪流，冲刷着库克城的每一条街道。

这儿的拥挤让大角害怕极了，他几乎不可避免地要碰到其他人的身体。身体的接触让他觉得难受极了。

"告诉我，库克人，你们为什么快乐？"大角忍不住问道。

"快乐是因为我们还活着，活着就是要寻找快乐。"快乐的库克人说道。他们给了大角几粒小小的青黑色的果实，把果皮划开，从那些裂口中就会渗出一滴滴的乳白色液汁，随风而起一股跃跃欲动的香甜气息。

"来吧，孩子，这就是罂粟，它能治好你妈妈的病。来吧，闻闻这股香味，和我们一起跳舞，和我们一起歌唱。"快乐的感召力是如此强大，即使忧伤的大角也忍不住要融到这股洪流中。他们旋转啊，旋转啊，旋转。他们弹拨着琵琶、吉他、竖琴、古筝、古琴、箜篌；他们吹奏着海螺、风笛、竖笛、笙、筚篥、铜角、排箫；他们击打着腰鼓、答腊鼓、单面鼓、铜磬、拍板、方响。大角从来没有听过这么多的乐器一起发出快乐的音符，它们混杂成了一股喧嚣的噪音。他们跳着恰利那舞、剑舞、斗牛舞、拍胸舞。大角从来没有见过这么多种轻柔飘逸的千姿百态的舞蹈，它们混杂成了迷眼的彩色漩涡。在街角里，在广场角落的树荫下，在大庭广众下，大角还能看到小伙子和姑娘热烈地调情、接吻和拥抱。他们幸福极了。

在充斥着整个城市的幸福感的巨大压迫下，大角稀里糊涂地跟着游行队伍转过了不知道多少街道，多少星形广场，多少凯旋门。他累极了，边上的人递给了他一份冒着气的汽水。"现在你觉得快乐了吗，孩子？"

"是的——"大角喘着气说。欢乐在他晒黑的脸庞上闪着光，他一口气喝光了杯中的饮料。

"那就留下来，和我们一起生活。"

大角犹犹豫豫地刚想点头，可是，他突然想起了还躺在床上等着他回去的妈妈。

"可是我的妈妈——她就要死了。"

"别为她担心，如果她曾经快乐过，那她就不会因为死亡的到来而痛苦。"库克人说道，"生活只是一种过程——啊，当然啦，如果她不是一个库克人，那她就从来没有快乐过，死亡就将是痛苦的……"

"不对，我们也很快乐，如果能够不得病的话……"大角说，他想起了唱号子的黑汉子、梦想周游世界的水手，"我从其他城市经过，他们好像也都很快乐。"

"你们也快乐过？"库克人哈哈大笑，他们现在都停下来看这个奇怪的背着背囊，插着小刀的小男孩了，"我们每时每刻都快乐，因为我们经历着所有这一切。至于其他的城市，他们终日劳累，像骡子一样被鞭打着前进。他们没有时间抬头看一看，他们享受了生活的真谛吗？"他们说得那么肯定，连大角也开始怀疑自己是否真正快乐过了。

"那么告诉我，库克人。"大角忍不住问道，"什么时候开始有不一样的生活呢？"

"这要去问我们的风向师，问我们的风向师。"他们一起喊道，"我们不关心这个。"

五　风向师

倏忽之城能像利箭一样的劈开空气和风前进，得益于其最前端的构造。城市的最前端是一层层装饰着青铜和金子的、由轻质木料搭建的高高的平台系紧在纵横交错的缆索上，以一种错综复杂的关系延伸出去，在城市的端头形成一簇簇交错的尖角。这儿没有那些喧闹的人群，只有风儿把巨大的风帆吹得呼呼作响，把那些缆索拉伸得笔直笔直的。

坐在最高最大的气球拉伸的圆形平台上的风向师是个胖老头。他被晒得黑黑的，流着油汗。黑乎乎的络腮胡子向上一直长到鬓角边，在蓬乱的须发缝中露出一双狡黠的小眼睛。他也许是这座飞行城市上唯一不能不工作的自由人。工作需要他坐在这儿吹风、晒太阳和回忆过去。他很高兴有个人和他聊聊天，可是别人总是把他忘了。

"怎么，你想听听关于过去生活的事吗？"老头眯缝起小眼睛，带着一种隐约的自豪，"这儿只有风向师还能讲这些故事，那是很久很久以前从陆地上来的一个行吟歌手那儿听来的。"他蹙着眉头，努力地回忆着，开始述说。

很久很久以前，建筑师掌管着一切事物，他们的权力无限大。建筑师们对改良社会总是充满了激情，他们发明了汽车和管道，让城市能够无限制地生长；他们发明了消防队和警察局，来保护城市的安全。因为有许许多多的建筑师，也就有了许许多多的城市。有些城市能够和睦相处，有些城市却由于建筑理念的不同而纷争不断，以至后来爆发了大战。大战以后，一个建筑师协会为协调各城市之间的纷争成立了，这个协会也叫"联合国"。

联合国先后制定了雅典宪章①、马丘比丘宪章②、马德里宪章和北京宪章③，这些都是关于城市自由发展的伟大的规划理论。但是最终建筑师们在会议上产生了巨大分歧，最有权力的建筑师脱离了协会，开始发展自己的大城市。他们在巨大的基座上修建高塔，在高塔上镌刻着金字，告诉市民们拯救世人的生活方式；他们设计规划了城市的每一条街道，把自己的光荣和梦想砌筑到城市的每一角落。

正是在这个时候，反对建筑师的人们成立了一个党派叫"朋克"。他们剃着光头，穿着缀满金属的黑皮衣，捣毁街道和秩序。后来朋克和建筑师之间爆发了战争。这可是真正的战争哪。

"可是你刚才就已经说过战争了。"大角说。

"啊，是吗？"风向师搔了搔头说，"也许有过不止一次的战争吧。那么久的事了，谁知道呢？——就在建筑师们节节败退的时候，那个神秘的民族出现了。我说过那个民族吗？"

---

① 雅典宪章：1933年，现代建筑派的国际性组织——国际现代建筑协会（CIAM）在雅典召开会议研究现代城市建筑问题，分析了33个城市的调查研究报告，提出了一个城市规划大纲，即雅典宪章。
② 马丘比丘宪章：1977年在秘鲁首都利马召开的国际建协会议，总结了从1933年雅典宪章公布以来40多年的城市规划理论与实践，提出了城市规划的新宪章——马丘比丘宪章。
③ 马德里宪章和北京宪章：先后于2044年和2088年在西班牙首都马德里和中国首都北京召开的国际现代建筑协会会议上制定的城市规划理论。

"没有。"

"啊哈，那是个在建筑师之上的隐秘的高贵的民族。就像那个古老的谚语一样：每一只狮子的后面都有三只母狮。这时候，人们才知道，建筑师拥有的能力和金钱都掌握在那个神秘民族的手中。这个古怪的民族总是喜欢隐藏在生活的背后，对社会事物做出一副毫无兴趣的样子，实际上，他们才是真正的操纵者。

"在隐秘民族的支持下，朋克被打败了，他们被赶出城市，变成了强盗和黑鹰。可是，和朋克之间的战争记忆让人们充满恐惧和猜疑，因为传说有些城市是暗中支持那些捣乱的黑衣分子的。于是城市与城市之间的分歧越来越大，他们开始互相谩骂指责，所以战争过后，联合国就崩溃了。"老头总结说，"城市之间彼此分隔，再也无法相互协调，这就是大进化时代。"

那个上了年纪的风向师使劲地回忆着这个故事，那些平时隐伏在他大脑各处的片段受到了召唤，信马由缰、放任自流地组合在一起。这个故事里好多地方纠缠不清。但是，如果他想不起来的话，就没有人知道历史是什么样子的了。

大角听得似懂非懂，可是他不敢置疑这个城市中唯一的史学家。

"每个城市都有高塔吗？那你们的塔在哪儿呢？"他问道。

"我们没有高塔。库克城是唯一没有高塔的城市。你看不出来吗？我们就是那个隐秘的高贵的民族。"老头的眼睛埋在长眉里，带着揭开一个秘密的快乐神情说，"我们默默无闻，但是担负着大部分维持秩序的责任。我们富有、快乐，并且满足——不需要那些虚无的哲学来指导我们的生活。我们在其他城市投资，并且收取回报，还不起债的那些城市居民就沦为我们的奴隶。"

他指了指天空:"看哪,孩子,几乎没有人知道,是我们在统治着这一切!库克城不需要为土地负责。我们拥有云和风,我们拥有天空和太阳。我们才是世界真正的主人。"

库克城追了阳光很长很长一段时间,终于,太阳在和风儿的赛跑中领先了,消失在雾气茫茫的云层下方。天色暗了下来,但是五彩缤纷的焰火立刻升了起来,装点着库克城的天空。

大角入神地看着。"真漂亮,"他惊叹,"但是如果有一天,这一切再也不能给你们快乐了,那怎么办?"

"看到最前面的尖角了吗?"风向师指给他看。大角向前看去,他看到了悬在空中的那个黑色的不起眼的锐利尖角,看到了在黑暗中它那磨损得很是光滑的金色栏杆。

"有时候是一个人,有时候是两个人。如果是两个人,他们就会在那儿接吻,然后拉着缆绳爬出栏杆,斜吊在晃晃悠悠的缆绳下。他们会拥抱着吊在那儿,对着大地凝望片刻。然后,"风向师说,"他们会放开手。"

"啊!"大角惊叫一声,猛地退缩了一下,空气又紧又干,闯入他的咽喉,"他们从那儿跳下去?"

"不快乐,毋宁死。"风向师带着一种理解和宽容的口气说,"只是这么做的大部分都是些年轻人,所以我们的人口越来越少了。"

"我们很需要补充新人。你是个很好的小孩,你愿意到我们的城市来吗?"

大角迷惑了一阵，问："我可以带我的妈妈一起来吗？"

"大人？"风向师以一种轻蔑的口吻说，"大人不行，他们已经被自己的城市给训练得僵化了，他们不能适应这儿的幸福生活。"

风儿呼呼作响。在风向师的头顶上，一只造型古怪的风向鸡滴滴答答地叫着，旋转了起来。

胖风向师舔了舔手指，放在空中试了试风向。他皱着眉头，掏出一只小铅笔，借着焰火的光亮，在一张油腻的纸上计算了起来，然后掰着手指头又算了一遍。他苦恼地搔着毛发纠葛的额头对着大角说："风转向了，孩子，我们到不了恐怖森林，不得不把你放在这儿了。"

"好了，那就把我放在这儿吧。"大角说，"我找得到路。"

"听说，恐怖森林那儿可不太平静。你要小心了。"

"我有我的刀子。"大角摸了摸腰带勇敢地说，"我什么都不怕。"

库克人的城市下降了。云层下的大地没有月光，又黑又暗，只有飞行城市在它的上空像流星一样带着焰火的光芒掠过。

大角顺着绳梯滑到了黑色的大陆上。在冰冷的黑暗中，他还听到好心的风向师在朝他呼喊，他的话语仿佛来自天上的叮嘱。

"小心那些泥地里的蚱蜢，那些不懂礼貌和生活艺术的家伙们。"他喊道。

六　鹰嘴豆

天亮的时候，大角还在远离恐怖森林的沼泽地里艰苦跋涉。热风浮动着，飘过田野，匆匆忙忙地追赶流光。

现在他的时间更紧了，他飞奔向前。

大角跑啊跑。他穿过了稀疏的苜蓿地，跑上了一条坑坑洼洼的小道。泥泞的小道上吸满了夜里的雨水，灌满水的坑洼和高高的土坎纠缠在一起，大角一边在烂泥地里费劲地行走，一边蹦跳着尽力躲避那些水洼。突然之间，他就掉到陷坑里去了。

陷坑只是一个浅浅的土坑，但是掩蔽得很好，所以大角一点儿也没有发觉。他刚从烂泥里拔出脚，想在一小块看上去比较干的硬地上落脚，一眨眼的工夫，就头朝下栽在坑里面，脸上糊满了烂泥。就在他摔得昏头昏脑的时候，听到路旁传来一阵响亮的笑声。

那个哈哈大笑的小家伙比大角大不了多少。他瘦得皮包骨头，青黑色的皮肤上沾满黑泥，身上套着一件式样复杂的外衣，但那件外衣实际上遮挡不住多少。

"你好！"大角爬起身来，忍着痛和眼泪，对小男孩说道，"我是来替妈妈找药的，我的妈妈病了，你能帮我找药吗？"

"我不和笨孩子交朋友，"那个小男孩后退一步，蹙起眉头看着大角，"你看上去笨头笨脑的，你一定是个笨小孩。"

"我一点儿也不笨。"大角生气地反击道。他也说得很大声，其实他心里也没有底，因为从来也没有人告诉过他，他是聪明还是笨。

"你掉进了我挖的坑里。"男孩得意地叫嚣着，"如果你够聪明，就不会掉进去了。"

大角的脸掩藏在湿漉漉的黑泥下，只剩下骨碌碌地转动着的眼珠露在外面。远处，在男孩子身后的地平线上，露出一些银光闪闪的尖顶，那是一座新的人类城市吗？他望着这个陌生的喜欢恶作剧的小男孩，突然灵机一动："你们这儿所有的人都不和比自己笨的人交朋友吗？"

"那是当然。"男孩骄傲地说。

"如果这样的话，比你聪明的人就不会和你交朋友，而你又不和比你笨的人交朋友，所以你就没有朋友了，这儿的所有人都会没有朋友。是这样的吗？"

那孩子被他搅得有点糊涂，实际上大角的诡辩涉及集合论悖论和自指的问题，就算是大人一时半会也会被搞晕。他单腿站在泥地上，一会儿换换左脚，一会儿换换右脚。"那好吧，"他最后恢恢不快地说道，"我可以带你去找我的先生，他那儿或许会有药。"

城市就建在小山丘后面的黑泥沼地里，因为没有参照物所以看不出来它离此地有多远，但是在大角和小男孩深一脚浅一脚地走向它的时候，太阳慢慢地滑过了天际。

大角跟着男孩穿过了那些弥漫着泥土气息的小路，顺着几乎是无穷无尽的残破石阶，踏着嚓嚓作响的破瓦片走进了城市。他看到了那些高高低低、重叠错落地摞在头上的木头阳台，沿着横七竖八的巷陌流淌的水沟。

突然间飞尘弥漫，大角忍不住打了个喷嚏，原来有人在头顶上的窗口外拍打地毯。

大角看到了那些城市住民。他们的衣服看上去很复杂，但倒也风度翩翩。他们拢着双手，一群群地斜靠在朝西的墙上晒着太阳，看着那个孩子和大角走过，只在嘴角露出一丝神秘莫测的笑容。

城里的道路曲折复杂，小男孩以惊人的灵巧性穿街过巷。有几次他们几乎是从别人家的阳台上爬过去的。在一座破败的院落门口，大角看到一张裱糊在门楣上的黄纸上用墨笔写着两个字——"学塾"。

"到啦，你在这等着吧，谁也不知道先生什么时候会来。"大角的新朋友扔下一句话，一转身就跑没影了。

院里原本很宽敞，但是堆满了旧家什、破皮革、陈缸烂罐，以及一些说不出名堂的大块木材和巨石。这些东西虽然又多又杂，但按照一种难以察觉的规律分门别类地摆放着，倒也显现出一点错落有致的秩序。灰暗的光线从被切割成蛇形的长长天空中漏了进来，洒在大角的身上和脸上。一股久不通风的混杂气味从这个幽暗的院子深处慢慢地溢了出来，让人不敢向前探究它的静谧。

在这满是僵硬的带着酸臭味的黑暗中，有人在大角身后咳了一声。大角转过身来，看见一个半秃顶的中年人走进院子里来。他瘦得走起路来轻飘飘的，没有脚步声，可是看上去风度儒雅。他的颌下有一缕稀疏的胡须，两手背在后面，提着一本书，仿佛一个学者。

看见大角，他又咳了一声，道："噫，原来是个小孩。"

"我是从木叶城来的。我是来找药的。"大角说，"我找到了水银、磁铁和罂粟，现在我还差鹰嘴豆、金花浆果和好运气。再找到这些，我的药就齐了——你能帮我找药吗？"

"不急不急。"学者说，他倒提着书在院子里踱步，表情暧昧，不时地偏起头打量一下身上依旧糊满黑泥的大角，"原来是个小孩。你刚才说你是打哪儿来的？你是木叶城来的。啊，那儿是一个贵族化城市，可是也有些穷人——我看你来回奔波，忙忙碌碌，为财而来，未必不是个俗人。"

"我不是为了钱来找药的，我是为了妈妈来找药的。"大角说。

"啊，当然当然，百善孝为先。"学者连连点头，嘴角又带上了神秘莫测的笑容，"这种说法果然雅致得多。看不出足下小小年龄，却是可钦可佩。"

大角好奇地看着这个高深莫测的院中人："你们不工作吗？那你们吃什么呢？"

"嘻——"学者拈着胡须说，"我们这儿乃是有名的礼道之邦，君子正所谓克己复礼，淡泊自守，每日一箪食，一壶羹足矣，自然不必像俗人那样，吃了为了做，做是为了吃，这就是'尔然疲役而不知其所归'了，唉——可怜可怜。"

"像你们这样真好。"大角说，"可是你这儿有我要的药吗？"

"不急不急。"学者低头看了看表说，"小先生从远处来，还未曾见过此地的风貌吧。何不随我一同揽山看月？此刻乃是我们胸纳山川，腹吞今古的时间啊！"

天渐渐地黑了下来，低悬在天际的月亮越来越亮。大角爬到院子里摆着的木块石片上，学着先生的样子，挺直身子，踮着脚尖，向外看去。

米勒·赛·穆罕默德·道之城的建筑看上去和它的名字一样精巧而不

牢靠，它实际上一直处于一种未完成的状态中。从外面望去，它就像一种浮雕形式的组合以及光影相互作用下的栅栏，连续的外壳被分离成起伏皱褶的表面，就像覆盖在城市居民身上破碎的衣服布片。

大角看到了那些污秽腥臭的台阶，以及由地下通道和人行天桥组成的庞大曲折的迷宫，当地居民在其间上上下下，如同巢穴里密密麻麻的白蚁。

大角看到了在被城市的烟雾沾染得朦朦胧胧的月亮下面，高低错落的屋脊上面，一个透明的、精巧复杂的高塔如雪山一样矗立着。

"那是你们的高塔吗？它上面为什么有影影绰绰的黑点呢？在它上面随风飘舞的是些什么呢？"大角瞪大了他的黑眼睛，惊恐地看着高塔，"你们的塔上住着人？你们在高塔上晾晒衣物？"

"当然啦，可以利用的空间为什么不用？"学者拈着胡须，微笑着说，"善用无用之物不正是一种道吗？"

相对于大多数城市居民来说，大角现在可以被称为一个旅行家了，但他在其他城市中，从来没有发现过神圣的哲学之塔被靠近，被触摸，更别提被使用的了。他满怀惊异之情再次向这个美妙的可以居住的高塔望去，发现这座高塔是歪的。它斜扭着身子，躲让紧挨着它腰部伸展的两栋黑色建筑，好像犯了腰痛病的妇人，不自然地佝偻着。

"你们的高塔为什么是歪的呢？你们就不能把它弄得好看一点吗？"

"啊，好看？我们最后才考虑这个。"学者轻蔑地说，"在此之前我们要考虑的东西多着呢。我们要考虑日照间距、容积率、城市天际线，以及地块所有权的问题。对文明人而言，礼仪是最重要的。"他拢着双手，神情怡然地直视前方，直到天黑下来什么也看不见了。

"看山的时间结束了吗？"大角忍不住问道。

学者仿佛意犹未尽："噫，真是的，观此暮霭苍茫，冷月无声，不知不觉就忘了时间了。"

"现在您可以帮我找药吗？"大角问道。

"唔，是这样的，我们这儿有些鹰嘴豆。"学者说，仿佛泄露了什么大秘密，颇有些后悔。

他偷偷摸摸地瞟着大角，老脸上居然也生出一团异样的酡红："看来小先生长途跋涉，自然是身无长物了。嗯，可是这把刀子看上去倒也不错呀。"

"是呀，"大角说，"这是我妈妈送给我的生日礼物。你可以给我一些鹰嘴豆吗？"

"你的刀子可真的不错呢。"学者说。

"你要是喜欢这把刀子，我可以把它送给你。"大角说。

学者伸手摸了摸刀子，又还给他，微微一笑："小先生把我当成什么人了。唉，君子不能夺人所爱，何况你是个小男孩，何况你还要到恐怖森林去，刀子总是有一点儿用的。"

"恐怖森林里到底有些什么呀？"大角忍不住问道。

"那儿其实什么也没有，根本就没有什么好害怕的。"学者连忙说道，仿佛后悔说出了刀子也有一点儿用的话。过了一会儿，他又不好意思地补充说："事实上，那儿有一只神经兮兮的猫，它有一个谜语让你猜，只要你猜对了就能过去。"他模棱两可地说道："虽说有点儿危险，可是也蛮安全的。不过，跑这么远的路，你真应该带一把雨伞，这儿的雨水总是很多。在我们这儿雨伞比较有用。"

"可是我没有别的什么可以和你交换的了。"大角说。

"你说得也不错，不是我想要你的刀子，可我们这儿如果不善于利用自己的财产，会被人笑话的。"学者说，"那我们就换了罢。"

他给了大角三颗硬邦邦的鹰嘴豆，豆子又青又硬，散发着泥土的气息。

"这是一种很好的麻醉剂，可以用来捕鱼，"学者惋惜地说，"你做了一笔好买卖呢。"

他捏了捏小刀的鞘。"嘻，是银的刀鞘吗？我喜欢银的，我还以为是白铜的呢。"学者说。

七　金花果

清晨的森林里弥漫着灰蒙蒙的水雾，那儿就是恐怖森林。从道之城一出来就一路飞奔的大角不由得放慢了脚步。

森林让他想起自己的家，然而从这座灰暗的密林中飘来的是陌生的气味，那是毒蕈和腐烂落叶的霉味，如传说鬼魅一样紧跟着他，在灰雾中生出许多幢幢的摇晃的鬼影。大角害怕极了，可是只要想到风中孤零零地旋转的吊舱，吊舱里的幽灵仿佛在低头俯瞰低吟着的妈妈，妈妈的脸上只剩下摇曳的一线生机，仿佛吊在吊舱上的一股细钢缆绳，他就鼓足勇气，向深处走去。

雾像猫一样的轻盈，在密林中盘身蹲伏，随后又轻轻地走掉了。

天色逐渐亮了起来，大角猛然发现，就在他的面前不足十米的小道上，藤茎缠绕的蜜南瓜丛中蹲伏着一个毛色斑斓的庞然大物。它无精打采地打着哈欠，用一只琥珀色的眼睛，睡眼惺忪地盯着大角。

大角不由自主地伸手到腰带上摸刀子，却摸了个空。他垂下空空的双手，踌躇了一会儿。他有点儿发抖但还是迈步向怪兽走去，就像希腊人步向斯芬克斯。

"站住，你侵犯私人领地啦！"那只怪物懒洋洋地叫道，"你从哪儿来？"它睁开了两只眼睛，充满怀疑地盯着大角看。它有一双尖尖的耳朵，身上布满纵横交错的斑纹，长得就像一只大猫。

"对不起，"大角鼓足勇气说道，"我是从道之城来的，昨天我是在道之城，前天我是在倏忽之城，大前天我在快乐之城……"

"啊哈！"大猫轻蔑地打断了他的话，"城市？我听说过那种地方，那里到处是石头造的房子，用铁皮挡雨，地上铺着热烘烘的稻草，住户们像老鼠一样拥挤其中，为了抢热水和上厕所都会打个不停……哼！"它突然打住话头，上上下下地看大角："那是人类居住的地方，你到那儿干什么？"

大角还没来得及回答，大猫便仿佛刚刚从睡梦中清醒过来，兴奋地咆哮了一声，叫道："啊，我知道了，这么说你是个人类！"它的咆哮声在灰暗的丛林中四处传荡，吓得几只鸟儿扑棱着飞出灌木，也吓得大角打了个寒战，他们那儿从来没有人会在说话的时候对着对方咆哮。

"知道吗，小人儿，你面对的是一只进化了的动物。"大猫歪了歪头，用眼角瞥着小男孩，它的笑容带着不怀好意的意味，"我们不再听命于你们了。'驾，吁——再翻一垄田，去把拖鞋叼过来。'哈，这种生活一去不复返了，这真是太妙了，妙啊。告诉你我们为什么要造反吧，你知道我们动物活在世上要经历什么吗？"

"我不知道。"大角老老实实地摇了摇头，"我们不养动物。"

"啊哈，那你是不知道我们曾经过着那么短暂又那么凄惨而艰辛的生活了。"大猫生气地嚷道，"那时候，我们每天只能得到一束干草，或者一小碟掺了鱼汤的冷饭，而且还要不停地干活，逮老鼠，直到用尽最后一丝力气。一旦我们的油水被榨干，我们就会被送到肉店杀掉。没有一个动物懂得什么是幸福或空闲。猫不能自由自在地坐下来晒太阳，玩毛线球；牛不能自由自在地嚼青草；猪不能自由自在地泡泥水澡……没有一只动物是自由的。这就是我们痛苦的、备受奴役的一生。"

它猛地伸出一个有着锋利指甲的爪趾，指点着小男孩瘦小的胸膛叫道："看看你们这些寄生虫，你们是一种最可怜的家伙。你们产不了肉，也下不了蛋，瘦弱得拉不动犁，跑起来慢吞吞的，连只老鼠都逮不住。可你们过着最好的生活——我们要奋斗！为了消除人类，全力以赴，不分昼夜地奋斗！小孩，我要告诉你的就是这个：造反！我们要造反！"

大猫伸手从旁边的藤蔓上扭下一个金黄的蜜南瓜，咔嚓一声就咬掉了一半。它显然对它的演说很满意，满足地在地上打了一会儿滚，接着跳起来对大角说："现在这个丛林是我们的。总有一天，整个世界也会是我们的。我们动物将会在首先领悟的猫的领导下，团结起来，吃掉所有的人。妙啊。"

"我不知道你说的那些。"大角怯生生地说，"我妈妈病了，我是来找药的。"

"生病了有什么关系，"大猫不满意地瞪着大角，呼噜呼噜地吹着气，"人一死，烤来吃掉就行了。你应该请我一起去吃，这是盛行的待客礼貌，你不知道吗？"

"我们那儿从来都不这样做。"大角吓了一跳，小声辩解着。

"好吧，好吧。"大猫不耐烦地围着大角打起转来，"我不想理会你们那些人类的陋习，还是好好想想该把你怎么办吧。"

"我？"大角紧张地说。

"你放心，我不是屠宰场的粗鲁杀手。我正在学习你们的文明，我看过很多很多书，发现了关键的一点。你知道文明的中心是什么吗？"它直立起身子，兴奋地自高自大地拍着胸膛，"让我告诉你，是礼仪与艺术。是的。就是礼仪与艺术。这将是我们建立猫类文明的第一步。"

"你想过去，那么好吧，"它鬼鬼祟祟地滑动着猫步，狡黠地说道，"只有聪明的人才有资格通过这里。你必须猜一个谜语。"

"如果你猜不出来。"它偷偷摸摸地笑着，刚啃过的蜜南瓜的液汁顺着它的下巴往下淌着，"我就要吃掉你。这个主意真是妙，嘻嘻，妙。"

它幸灾乐祸地笑眯眯地说出了那个谜语：

脚穿钉鞋走无声，

胡子不多两边翘，

吃完东西会洗脸，

看到老鼠就说妙。

"哈哈。你一定猜不出来的，你猜不出来。"它说。

"是猫。"大角说。他有点犹豫，害怕这道简单谜题后面隐藏着什么陷阱。可这是小时候妈妈经常说给他的谜语。那些温柔美丽、仰人鼻息的小动物虽然在生活中消失了，可是人类坚韧不拔地在图画书上认识它们，并把它们传到下一代，让他们重温万物之灵的旧梦。

"猫，为什么是猫？"怪兽大惊失色，往后一缩，愤怒地揪着自己的胡子，"你说，为什么是猫？"它的尾巴高高翘起，让大角一阵害怕。

"你们都说是猫，只有我不知道为什么。"它痛苦地在地上打着滚，搔着痒痒，"我的胡子是往两边翘的，可是我从来没穿过钉鞋，我吃完东西会洗脸吗？这是我的秘密，你们人类怎么会知道？我从来、从来、从来就不对老鼠说妙。答案为什么会是我？为什么每个蠢笨的人类都这么说？为什么？——现在我预感到，这是个重要的谜语。"

它折腾够了，爬起身来，望着灰蒙蒙的时起时落的雾气发呆，喃喃自语："大师和玛格丽特。"

"生命的永恒和瞬逝是一道什么样的二律背反命题呢？老鼠存在的意义是什么？难道它们也和高贵的猫一样拥有意义吗？我们聪明、温谦、勇敢，甚至可以吃掉小孩，可是我们搞不清楚一个谜语——这是个令猫害怕的神秘隐晦的课题，我预感到，这很重要，很重要……"

不需要别人教，大角趁着这只在哲学思辨中迷失了方向的大猫忧郁地望着黑幽幽的森林——仿佛是动物社会生存圈中的笛卡尔——刻不停地悲凉地思考时，轻轻地顺着路边溜过它的身畔。

大树灰暗的阴影下，深黑色的灌木丛里，有星星点点的小红点在闪烁，那就是大夫要的金花浆果啊。大角伸出手。那些浆果冰凉，还带着露珠。一颗，两颗，三颗……现在大角有三颗金花浆果了。

大猫还没有从它那深切的思考中清醒过来，大角把药包紧紧地揣在怀里，像在暗夜的森林中迷路的小兽，仓仓惶惶、跌跌撞撞地奔跑着。

跑啊，跑啊，草叶划过他的脚胫，露珠沾湿他的脚板，可是他还是一刻不停地奔跑着。

现在可以回家了。大夫的单子里还有一份好运气，可是他不知道去哪儿寻找。好运气只是一种说法，世上本没有这种实物。大角想，也许大夫说的并不是他妈妈要的药，而是找药的人需要这种好运气。如果是这样的话，那么现在就可以回家了。

跑出了恐怖森林，大角发现，再有不到一天的路程，他就可以回到木叶城了。不知不觉中，他在大陆和海洋间兜了一个大圈子。在这场漫长的奔跑当中，他时而清楚，时而迷糊，有时候他似乎看清了什么，有时候这些又离他而去。

大角奔跑着，忽然之间，也许是怀中的药物散发的香味带来的幻觉，他看清了蕴藏在心底深处中的景象，他的心忽然一阵颤抖，激动的水花泼剌剌地跳出海面。他知道他将要给大家讲述什么。他要给大家讲述以前的一些伟大的城市，亚历山大里亚、长安、昌迪加尔，还有巴西利亚，那些建筑师们创造了一种生活。每一条街道，每一个广场，每一片设计或精巧或粗笨厚重的檐瓦，都渗透着建筑师的思想。城市的居民生活在他们的思想当中，呼吸着他们的灵魂，倾听着他们的声响。

每一种哲学或者每一种狂热都有自己的领域，在每个领域当中都有一个巨大的抛光花岗岩基座。在坚实的基座上，每一种哲学都得以向空中无限延展。那就是他们的高塔。

跑啊，跑啊，碎石硌疼了他的脚踝，荆棘划伤了他的皮肤，大角奔跑着。

每一座高塔的倒地都意味着失败或者哲学体系的崩溃，那是一个壮观的场面。大地上曾经遍布人类，他们和被驯化的动物生活在一起。曾经有更多的城市，如今它们都崩塌了吗？

他跑过了白天，跑过了黑夜，跑过短暂的黎明，跑过漫长的黄昏。

他跑过了晴天，跑过了阴雨，跑过雾沼，跑过干谷。

他看见一群庞大的行军蚁，浩浩荡荡地聚集在缓缓起伏的平原上，它们头上的旗帜上飘扬着不可战胜的、展翅飞翔的黑鹰标志。

黑鹰，那是黑鹰部落啊，大角惊恐地想道。他停止了奔跑，充满恐惧地望着草原上那些没有城市的掠夺者，它们密密麻麻地挨挤在一起行进着，横亘了数百里地，挡在了大角回家的路上。

也许这是第一次有人面对面地看到了这个神秘而可怕的部族。关于它们有许多可怕和血腥的传说。它们凭借自己强大的武力和残忍的性情，在这整个世界上无所畏惧。它们像蝗虫一样横扫整个草原，摧毁路上的所有城市，把一座座哲学高塔打得粉碎。

大角屏住呼吸，捏了一手的冷汗。他趴在一束高高的牛蒡草中，探出头去。他看到了开路的一队的骑兵，穿着黑衣，呼啸着来回纵横，搅起漫天的黄色尘土。他看到了2000名奴隶排成两列，弯腰挖土，把崎岖不平的道路铲平，汗水在他们的肩上闪闪发亮。紧跟在他们后面的是一支庞大的运输队。他看到了50对公牛低着头拖着巨木拼造的沉重板车，100根原木制成的轮轴被压得嘎吱乱响。他看到了50名木匠在不停地更换车轴，加固车架，往圆木上涂油脂；200名壮工在两边扶着车上摇摇晃晃的铁铸怪物。透过飞扬的尘土，这些影像给小男孩留下了刻骨铭心的印迹。这一队人马拖着缓慢的、永不停歇的脚步，越过山岭和草原，越过河流和谷地，坚韧不拔地走向了它们的终点和命运。

一座座的钢铁怪物在大角的眼前被拖了过去，在大地上留下深深的车辙，刚刚铲平的弹道一样平整的道路转眼又变成了坑坑洼洼的泥潭。大角瞪圆了眼珠，突然明白过来，它们车上拉的是攻打高塔的巨炮啊。现在，它们又要去攻打一座新的城市了。

八 药没了

草原上行进着黑压压、来势汹汹、密密匝匝的战士，那些挎着长矛的骑兵、披着铠甲的重装步兵、散漫的轻步兵，一队一队地望不到头。太阳慢慢地斜过头顶，像是一个巨大钟上的指针，面无表情且不可抗拒地转动。大角躲在深深的草丛中，又饥又渴。他计算着时间和回家的路程，时间越来越紧了。

他决定另外找路回家。大角悄悄地倒退着离开那丛淹没他的牛蒡草，直起腰来，却惊愕地发现两个黑鹰部落的游骑兵勒着马伫立在前方低矮的小丘上，一声不吭地注视着他。

在那一瞬间，大角目瞪口呆，动弹不得，属于他的时间仿佛在那一瞬间冻结了。他眼睁睁地看着那两个骑兵，像张开黑色翅膀的秃鹫一样策马飞驰而来，打着呼哨。他们悄无声息，一阵风似的掠过了大角与他们之间的距离。骑兵在马上猛地俯下身来的瞬间，大角能看到他们鹰隼一样锐利的眼睛，闻到他们身上那股冲动的野兽般的气息。随着响亮的撞击声，大角腾云驾雾般飞到了空中。

大角惊慌地喊叫，踢蹬着双脚，却只能让那双钢铁般的手臂越夹越紧。风拍打着他的脸庞，他只能看见草地在他下方飞驰而过。

他被带到了一个闹哄哄的营地，一声不吭的骑士把小男孩甩在了地上，驾着马跑远了。大角惊慌地把药包抱紧在怀中，四处张望。此刻已经是傍晚时分，营地上燃起了无数的火堆，炊烟笼罩，空气中充斥着马粪和牛粪燃烧的气味。这是一个有着深棕色皮肤的强壮的民族。男人们剃光下颌的胡子，随身携带着腰刀和武器。他们显然还保留着驯服动物的习惯。大角看到几只狗在营地中跑来跑去；几个背着小孩的女人吃力地在河边打水，她们正为了一个水勺而大声争吵。

一时间，仿佛没有人注意到这个满脸惊慌的小俘虏。就在大角茫然四顾的时候，又从营地外冲进来几个骑马的武士。其中一个家伙叫道："看哪，他们抓到了一个小家伙呢。"

他们大笑着纵马围着惊惶的大角乱转，把大角包围在马蹄组成的晃眼的迷阵里，硕大的马蹄溅起的黑泥甩在大角的头上和脸上，酒气从武士们的嘴里往外喷涌。

"哈，我看他可以给你当个小马童。"

"还不如给你女儿当个小管家，哈哈哈。"

他们看到了大角紧紧抱着的小包裹。

"看哪，他还抱着个什么宝贝呢。"一个显然是喝得最醉的武士嚷道。他利落地抽出刀子，劈砍的亮光像一道优美的弧线划过大角的眼前。

夕阳暗淡了下去。

"不要——"大角拼命地尖声叫喊了起来。在这一瞬间，整个营地寂静无声。他的喊叫声穿透了杂乱无章的、静悄悄流淌的河水，一直传到遥远的红色花岗岩山才出现回声。那个肮脏的背着小孩的老女人掉过头来看他，让她们争吵个不休的铁制水勺掉在了地上。

压抑着愤怒和可怕的悲伤，大角低下了头。药包散在地上。水银像有生命一般地在地上滚动，汇聚又散开，渗入地下；珍贵的浆果被马蹄踏得粉碎，点点四溅，和马蹄下的污泥混杂在一起；那些沾满泥污的鹰嘴豆、带着海水气味的磁铁、沾染着风之清香的罂粟，都变成了破碎的泡沫；它们的香气散乱飘荡，仿佛一个精灵在风中卷扬，散发，化为乌有。

在无遮无挡的平原上奔跑时，太阳烤灼着他的肩脊，让他几乎要燃烧起来；在大树下露营时，露珠一滴滴地渗透他的毯子，让他感受夜的刺骨冰凉；在森林中，巨兽大声咆哮，威胁着要将他吞到肚子里。在这些时刻，大角一直没有哭过。然而现在，一切都变成了可怕的值得哭泣的理由。看着地上散落的药包，泪水一下子冲出了他的眼眶。大角站在那儿，画面一幅幅地在他眼前晃过。他悲从中来。为了梦想的破碎，为了生命的逝去，大角像一个初生的婴儿那样放声号哭。

透过朦胧的泪水棱镜，一副贴着金片的马蹄"踏"入了他的眼睛，它们猛地冲了出去，又折回来，就在眼看要踩在大角身上时突然停住了，停在他的面前，腿脚僵僵的，不耐烦地撅着。

他听到马上传来嗤的一声轻笑："我当是怎么回事呢，原来是个没用的哭哭啼啼的小孩，为了一包杂碎东西，哭成这个样子。"

大角抬起头来，看到骑在马背上的是一个比他大不了几岁的女孩。她安坐在高高的马上，圆圆的脸被晒得又红又黑，明亮的眸子在暮色中闪闪发光。她嘲笑地用手中的马鞭甩着圈子。小马撅着蹄子，不耐烦地又蹦又跳。

"这不是杂碎东西，是给我妈妈的药。她就要死了，我是来找药的。我找到了水银、磁铁、罂粟、鹰嘴豆……本来只要再有一份好运气，我的药就齐了。可是现在……全都没了。"大角忍不住眼眶又红了起来。

"什么你的药，你的妈妈，现在都没有了。你是我的。"小女孩骑在马上，宣布说。

"为什么？"

"因为我们是强盗，强盗就是这样的呀。"女孩笑吟吟地说，她转身对那几个现在毕恭毕敬的骑手，学着大人的口气说道，"把他带到我的帐篷里来，这个小鬼现在归我了。"

大角被带到一座白色的帐篷中，两个武士退了出去。大角的眼睛适应了帐中点燃的牛油蜡烛的光亮。他看到宽大华丽的地毯尽头，一个漂亮的女孩正对着铜镜装束。她把一柄嵌满宝石的短剑一会儿正着，一会儿斜着地插在腰带上，始终不太满意。大角进来后，她转头看了看大角，微微一笑，又快乐，又淘气，正是那个骑马的小强盗。

她停止了摆弄短剑，盘腿坐在阿拉伯式靠垫上，拍了拍靠垫一边，说："过来，坐在我边上。"

大角倔强地摇了摇头，站在原地没动。"我们那儿只有最亲密的人才能互相碰触。"大角骄傲地说。

小女孩脸色一沉，生气地说："可你现在是我的奴隶。我要你怎么样就怎么样。我还可以用马鞭抽你。如果你恳求我，也许我就会对你好一点。"

大角睁大了眼睛，他还不太了解奴隶这个词的含义。"我们是自由的，"他反驳说，"我们从来不求人做什么。"可是他很快想起曾经求过大夫救他妈妈，于是又迷糊了起来。

"呸，自由？"小女孩扁着嘴轻蔑地说，"只要我愿意，我们随时可以攻陷你的城市，把你们的男人全部杀光，让你们的礼仪和道德化为灰烬。"

"胡说，你们才不敢去攻打我们呢。"大角不甘示弱地喊道，"你们不敢来的。在森林里你们的骑兵施展不开，而且你们会害怕我们的飞行器，我们会从天上向你们倾泻石块和弓箭。"

小女孩满脸怒气地叫道："黑鹰从来就不知道什么叫害怕。我们不去打你们，是因为你们那儿在传播瘟疫。现在我们要去攻打的是那个传说中的闪电之塔。我们要一直往那个方向走，草原大得很，我们也许要10年后才能回来——那时候，你会知道黑鹰的厉害。"

他们气鼓鼓地相互而望。一边站着瘦弱、肮脏、苍白的小流浪汉，头发是黑色的，乱蓬蓬地支棱着，在出来找药之前，他的生活单调恬淡，每日只是看着高处的阳光穿透清澈的蓝天和幽深的山谷；另一边坐着骄傲、高贵、矜持的小强盗，如牛粪点燃的火光般辛辣，如她的短剑般锋锐，她的生活自由辽阔，是永远没有止境的漂泊。帐中蜡烛的火焰猛烈地抖动着，轻烟氤成一圈圈发光的雾霭，然后一点一点地沉淀下来。他们相互而望，岁月流光在他们年轻的胸膛两侧呼啸而过。年纪如此相似却又无从相像，就如同一棵树上却青红不一的果实。造物主和光阴的把戏让他们充满好奇和相互探索的欲望。

"好啦，"忍受不住好奇，小女孩首先与大角和解了，"我的名字叫飞鸟。别生气了，和我说说你的城市，还有那些漂浮在海上的城市、飞行在云中的城市……和我说说吧——我想知道其他城市的生活，可是他们让我看的时候，那儿总是只剩些冒烟的断墙和残缺的花园。"

"它们是被你们摧毁的呀。你们为什么要当强盗？"大角忍不住问道。

飞鸟眉毛一挑："这是草原的规则呀。弱肉强食，只有最强壮的部落才能够生存下来。你们放弃了大地，生活在城市里，用你们的礼仪约束自己。你有你们自己的生活方式，而我们要生存，就得遵照我们的生活方式前行。"

远处传来了三声号角，在夜风中轻快地传扬着，悠远嘹亮。

"哎呀，没时间了。"女孩叫道，"你的身上又脏又臭，你要赶快去洗个澡，换套衣服，然后和我去参加宴会。"

这些野蛮人的宴会在露天里举行。围绕着篝火散乱地围着一圈矮桌，桌子上摆放着成块的烧烤过的牛羊肉、干面包，还有大罐大罐的蜂蜜酒。这些野蛮人席地而坐，用银制的刀子把大块的肉削成薄片塞进嘴里。他们先咬一大块面包再往嘴里塞一勺黄油，他们喝酒的样子让人觉得他们会被呛死。

即使是在宴会上豪啖畅饮，每一个武士依旧穿着他们的铠甲。他们带着长矛和圆盾；他们束着胸甲和胫甲；他们戴着黄铜的头盔；他们聚集在一起。金属的铠甲融化了火的光泽，这些可怕的掠夺者在金属的光亮下，锐利、灼热、生机勃勃。

一位雄壮的武士端坐在篝火的另一端，他就是黑鹰。这个部落正是因为他的骁勇善战，因为他的残暴虐杀而扬名天下。令大角惊讶的是，他已经不年轻了，他的脸上布着无法掩饰的皱纹和疲惫。坐在他周遭的都是黑鹰的贵族和首领，他们人数不少，但是他们都老了，而年轻的首领很少。此刻，他们正在吵吵嚷嚷，大声争论着什么。

"……那座高塔，没有什么东西能够穿越它守卫的分界线。我比谁都更了解那座高塔的威力。我亲眼看到3000名进攻者死在它的死光下……"一个白发苍苍的老人在讲述那次失败的进攻和3000名死去的骑兵时，他的脸上依旧是一副勇敢的神情，但他的膝盖在微微发抖。

"不惜一切代价。不惜一切代价——"

"可是现在我们拥有了无与伦比的巨大火炮，我们拥有最好的铸炮匠人，我们用黏土模胚铸造出了整整20座大炮，我们正在把它们拖过整个大陆……"

"必须有更大的火炮，射程更远，威力更大……"

"吭啷"一声响，一个酒杯被砸到了地上。

"这是个狂妄的计划！我们根本没有必要去翻越整个大陆去攻打那座小镇——这块平原富裕丰饶，给养充足，我们可以在这儿抢劫20个城市，我们可以在这儿舒舒服服地过上10年的好日子。谁都知道，那些人龟缩在高塔下过着与世隔绝的生活，他们贫穷、愚昧、呆滞、不思进取，我们不应该为了芝麻大小的利益去和霹雳之塔作战。"一名坐在下首的首领突然跳起身来叫道。一道旧的刀疤横过他的眉毛，让他的神情显得扭曲凶狠。几名首领随声附和。大角注意到他们大部分都是年轻人。一些参加宴会的人仿佛感觉到了什么，他们悄悄地把手按到了剑柄上，却依然平静地凝望宴席上首的动静。

"20年了，"黑鹰仿佛没有注意酒席上剑拔弩张的气氛，他端着一杯酒，沉思着说道，"20年前它让我们失败过；20年来，它一直矗立在大陆的尽头，在嘲笑、漠视着我们。纵横草原的黑鹰铁骑在它面前不得不绕道而行——那些被践踏过的种族，那些被焚烧过的城市，因为它的存在而欢欣鼓舞，因为它的存在而心存希望。你们知道我是怎么想的吗？"他端着酒杯，冷冷地环视左右："这20年来，我在梦中都一直想着攻打它。因为我知道，只要它存在，黑鹰部落就不可能成为真正的草原霸主，就不可能真正地掌握自己的命运。"

"现在你们却要退缩？你们害怕吗？你们贪恋这块土地上的牛奶和蜜酒，却不明白终有一日这些鲜花都会死去，财富会死去，你们会死去，我也会死去，但有一样东西不会死去，那就是我们死后留下的荣誉。"

"黑鹰，"另一个年轻的贵族语气恭敬地说，"在你的带领下，我们在这块大陆上寻求流血和荣誉，赢得了草原的尊敬。"他语气一转，说道："可是你已经老了，你的头已经垂下来了，你想要去攻占那座闪电之塔，到底是为了什么呢？——是为了你自己。你害怕被荣誉抛弃，却要带我们走向死亡吗？"

"我依然是首领。"老人平静地说。

"那就证明给我们吧。"年轻强壮的刀疤武士叫道。他从座位上跳了起来，拔出利剑，闪电般朝黑鹰砍去。这一下当真是人如猛虎，剑如流星。大角看到黑鹰眼睛里的一道亮光，在那一瞬间里，他脸上的皱纹和疲惫一扫而空。他甚至都没有站起来，只是挥动了一下小臂，年轻的武士就仰面倒下了，他的胸口上插着一把银制的餐刀。他倒下的时候带翻了两张矮桌，桌子上的器皿瓶罐被打翻了一地，鲜血混着蜜酒四处流淌。吵嚷声平静下来。黑鹰宛若没事，举杯喝酒。"明天，我们继续前进。"黑鹰说。这次没有人站出来反对他了。

"那是我的父亲。"飞鸟骄傲地对大角小声说。

"可你刚才一点也不为他担心。"大角惊讶地说。

"那当然。如果黑鹰刚才在战斗中死去，那是他的荣耀。"飞鸟说，脸蛋被兴奋燃烧成绯红色，"我们所有的人都渴望能死在战斗中。"

九 所有的药

清晨，大角从噩梦中惊醒。他听到帐篷外面传来一阵阵的号角声。牛角号雄浑，铜号高昂，海螺号低沉。营地里到处是铠甲碰撞的铿锵声、战马的嘶鸣声、胀满奶水的牛羊的叫唤声。

他从奴隶们居住的帐篷中钻出来，外面一片嘈杂。低低的阳光斜照在挤在一起的士兵和耀着清冷的寒光的兵器上，投下了长长的阴影。一群群的游骑斥候策马而过，他们咧着满嘴白牙，不怀好意地对着衣衫褴褛的大角笑着。还在抓紧时间打盹的奴隶们被粗暴地踢醒，他们要干那些最苦最累的活。他们分散开来，看似混乱不堪然而又井然有序地收拾马厩，拆卸帐篷，提着铁桶去挤奶。大角觉得自己陷入了一个陌生的动荡不已的漩涡之中，不论他站在哪里，总有人冲他喊道："快闪开，小孩，别挡着道！"他不得不东躲西闪地闪躲那些骑着马、横冲直撞的骑兵；闪躲那些扛负着重物，赤裸的脊梁上冒着热气的奴隶；闪躲那些目光呆滞、被驱赶着的畜生。

在一片混乱当中，飞鸟牵着马找到了他。

"你跟我来。"她不容置辩地命令着，带着大角离开部族的大队人马，把他一直带到了营地西侧的河边。这儿可以看到河边上那些发白的鹅卵石，还能看到营地，数千顶帐篷在转眼之间消失得干干净净，余下冒着青烟、快熄灭的篝火堆和满地的牛羊粪便，仿佛大火烧过的林地。黑鹰部落的战士、乱哄哄的家眷、牵成一串的奴隶，一拨一拨地开拔了。他们走过，寂静便在草原上空重新合拢，仿佛流水漫过的干涸的河谷。

"你走吧。"她说，看也不看大角一眼，翻身上了马。

"什么？去哪？"大角说，他还没有反应过来。

"我是草原上最伟大的首领黑鹰的女儿，他的话就是命令，我的话也同样是命令。我赐给你自由，你就自由了。现在，你快跑吧。"她喊道，用一个指头威胁性地比画了一下，"10年以后，我们会回来的——那时候，我会带着我的战士去攻打你们的城市，你记住了。"

大角茫然地四处看看，这儿离他的家乡不远了，可是他就要这样回去吗？带着满身的污泥和伤痕，空着双手，丢了小刀，一味药也没有找到。妈妈就要死了。太阳升起来了，天边一簇散云成了一窝闪亮的小羽毛，河面上升起燥热的雾气，回家的路像一条晒太阳的蛇，懒洋洋地躺在他面前，他却觉得自己无处可去了。他转过身去，漫无目的地走了两步。

"等一等。"她说。坐下的马儿不耐烦地撅着蹄子。

"这是我送给你的礼物。"她叫道，扔过来一个大大的纸包，"你看，当强盗是有好处的，我们这儿什么都有。"她凝望了大角一会儿，猛地调转马头，纵马扬鞭，疾驶而去。

大角打开纸包，发现纸包里塞满了药。那些晶莹流动的水银，那些充斥海水气味的磁铁，那些饱满多汁的金花浆果，那些香气萦绕的罂粟，那些又老又皱的鹰嘴豆，而在这些足够治好木叶城所有人的药的下面，多了一个银制的护身符———一个小小的马蹄铁，那是黑鹰部族的徽号。

大角抬起头来，看到草坡上那个现在已经变成小小黑点的飞鸟。他沉思片刻，掉头跑走了，带着这个年纪还不明了的惆怅，带着他还不知道的他们已经定下了的一个朦朦胧胧的约定，这个约定会在将来的岁月里跟随围绕着他，充满诱惑和痛楚，充满期待和惶然。

药又齐全了。从一无所有到应有尽有，这就是大夫说的一百份的好运气了，大角想。药香萦绕在他的鼻端，仿佛一首嘹亮的歌，这支歌在他的心里，也在他的嘴上。现在是第几天了？他拼命地算啊算，现在是第七天了，是最后一天了。他要去救他的妈妈，他开始拼命跑了起来。

他跑过了红色的杉木林，跑过了齐腰深的草地，跑过了茂密的芦苇丛，跑过了金色的沙漠。

跑啊，跑啊。他看见了火光下埋头苦干的骡马、浪尖上漂浮的捕鱼者、随着风儿流浪的旅行家、在泥地上挖坑的农夫、藏身在树木后面的出谜者、包裹在金属里的战士们，他们脸上洋溢着各式各样的快乐。这快乐引诱着他，让他对未来充满期盼。

跑啊，跑啊。他听到了自嘲自叹的哲学家的声音、被侮辱的类人生物的怨怒声、劳动者的呼喊号子声、乞讨者的悲哀声、被奴役的人们的抽噎声和哭诉声、野蛮人的叫喊声，他们品尝着各式各样的痛苦。这痛苦抽打着他，让他对未来充满惧怕。

叹息之城、快乐之城、记忆之城、风之城、水之城、土之城，形形色色的城市实际上只有一个，它就在他心中。然后，黑鹰来了，建筑消失了，一起消失的还有那个理论上似乎无所不知的建筑师。现在，他们将学会如何自己去面对这块黑暗冰冷的大陆。

跑啊，跑啊。他从白天跑到了黑夜，又从黑夜跑到了黎明。

无垠的天空越来越亮。

他会长大的。

迎面扑来的时间像干粉一样噼里啪啦地敲打着他的身体和脸庞，告诉他，死神正在俯瞰着他亲爱的妈妈。

大角，快跑！大角，快跑！他在心里呼喊着。

月光收敛了，向西沉去。

大角，快跑！他的心脏撞击着肋骨，仿佛一只想要飞逃而出的鸽子。

快跑啊，大角。

时间一分一秒地走着，滴答滴答，巨大的时钟悬在他的头上摇摇晃晃。

他看到了森林里飘浮的亮光，像是萤火虫在飞舞。

大角，大角。

远方传来微弱而模糊的叫声。

大角，大角。

那是木叶城的居民。他的邻居，他的玩伴，还有大夫，他们来接他了。

大角，大角。他们看到他了。他们驾着透明的飞行器朝大角飞来。

黑暗迎面扑来。大角迷迷糊糊地想道："现在，我可以休息一下了。"鸽子飞出他的胸膛，离他而去。大角倒下了。

那天黎明，在木叶城里，星星还没有完全熄灭的时候，大夫把药混合在芳香的泥土中，撒入水里，温和的火燃了起来，风儿把药的香味带到了四处。奇异的香味飘荡在木叶城的每个通道、每部旋梯、每座吊舱里。妈妈苏醒了，其他的病人也醒了，整个城市都苏醒了。

从这场瘟疫中被拯救过来的人们来感谢那个孩子，那个拯救了城市的孩子，但他们没被允许看到大角。

他累坏了。他哭着，抽噎着，在母亲温暖的怀里缩成一团，小小的舱室像一颗鸟卵，在风中旋转。妈妈抱着大角，柔声安慰。她的大手围着他，呵护着他。母亲的怀抱总是最温暖最安全的。

大角睡着了。

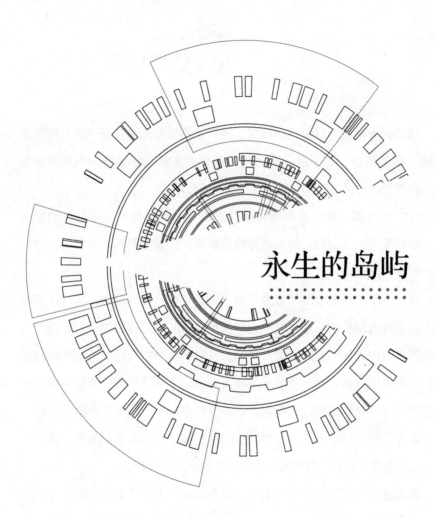

永生的岛屿

村里的人视我为野蛮人，其实，我只是不愿意依附在那一片贫瘠的黄土地上辛劳耕作，也不愿意像有些人那样靠在那片坚果林中艰难采撷为生。我的生活方式与所有的人背道而驰。

　　有空的时候，我喜欢带着我的弓箭四处游荡。我有一张很好的榆木弓，箭杆是用檀木制的，箭头烤得锋锐异常。在岛上游荡的岁月里，它们是我的最好伴侣。

　　我说不清在岛上漫游了多少年岁，但在穿越丛林的时候，那些茂密的灌木丛、蚊虫滋生的沼泽，以及无数曲折交叉的野兽踩出的小径，仍然会让我迷失方向。太阳有时从前方升起，有时却从后方升起，天空和岛屿好像都在不停地旋转。对一个老练的猎人来说，承认这一点用不着害羞。村里的祭师曾经对我提起过，我们的岛屿漂浮在海上，由七只大鳌背负着，四处飘荡，每当地动山摇、大地怒吼的时候就是这些大鳌在换班。既然大地并没有坚固的基石，那么偶尔转个方向也就不足为奇了。

　　祭师是我在部落里的唯一朋友，我和其余的人几乎无话可说。每次碰到他们我就禁不住地想要转身逃走。生命对他们来说如此珍贵，以至它提在我的手上时会使他们胆战心惊。一些老人见到我有时会满腔怜悯地劝说："年轻人，开一块荒吧，种点粟稷，再成个家，安安稳稳地过日子。

老这么四处游荡可不是个办法。"

"生命不可轻辱。"祭师和我说。他忧郁的目光仿佛看到了我的将来，但他从来不对我说教，也许他了解我是无可救药的。祭师是村里活得最久的人，他经历过所有事情，只要没有饥荒和海啸，他也许还可以一个世纪一个世纪地活下去。

平心而论，一个农夫的生活确实比我有保障。每当大鳖漂向北方，冬季降临的时候，这一点体现得更为明显。但我喜欢猎人的生活，每次伏低身子穿过密集纠缠的灌木，轻轻地拨开低垂的枝叶窥视猎物时，我总感到一阵穿透心脏的剧烈颤抖。拉弓、瞄准、放箭，有时候我还不得不用石块和猎物搏斗上一阵。越大的野兽越难对付，但它也意味着好几天里我都不用再打猎，有更多的时间可以漫游和遐想。

我的漫游毫无目的，但我喜欢丛林的边缘地带，那儿能看见大海，翻腾的、平静的大海。我们崇尚它，敬仰它。海衍生了万物，就连那不可一世的骄横的太阳也要每天在海的怀抱里重生。但海也是破坏者，神圣而不可侵犯的众神之王，当它咆哮呼啸的时候，部落里没有谁敢到靠近海边的林地里，在丛林的缝隙中偷窥它的愤怒。

有时候，在海边我能看到另两座岛，它们一定也是由大鳖肩负着漂浮在海上的，因此总是显得朦朦胧胧，忽近忽远。有时候，它们看上去离得那么近，好像只要站在山顶上，张开手臂就能滑翔过去。每当恶风席卷大地，暴雨冲垮堤堰，摧毁掉大部分农作物的时候，部落里也会有人隐约提到其他岛上的部落：也许他们的损失不会这么严重，要是能得到他们的谷物，我们撑到下一个收获季节就能容易得多……但从来没有人敢穿越大海去寻找他们。穿越大海！这想法即使在火热的夏夜也让我浑身颤抖，不是害怕，而是一种说不出的，如同我在接近猎物时的感觉。

有一个梦伴随我多年，那一天它依旧前来。在晨曦的微光中，矗立着无数的武士，他们的武器由金属制成，冰冷而锐利；我能听到无数双脚踏在石头上，金属衣相互撞击的声音；他们沉默的脸注视着东方，注视着我……我惊醒过来，在刺眼的晨光中睁开眼睛，岛上到处是损折的林木，潮湿的枝丫还在滴滴答答地往下滴水，而大海已经一如既往地温柔，根本看不出前一天刚刚经历过一场暴风雨。仿佛依然处在梦境中，成千上万人的咆哮声还回响在我的耳边。

下午，我在海边的灌木丛中烤一只林鸫。在岩石上烘烤了一个上午的枯树枝好不容易点着，一股浓烟呛得我不断咳嗽。林鸫在火上烤得吱吱作响的时候，突然，一阵莫名的冲动抓住了我。我烦躁不安，扔下了食物，抓起弓箭，向常去的海湾跑去。

跳过一座长满菘草的沙丘，我一下子站住了脚步。弓箭从我的手里滑落了下来，我的喉咙翕动着，但发不出半点声音。

在那儿，海边滩涂地上，有一只木头打造的庞然大物横卧在浅水里。它巨大无比，甚至超过了搁浅的鲸鱼，浑身上下挂满了海藻和牡蛎，散发出一股腐臭味，破败的布条悬挂在几根又大又粗的圆木上，仍然像鸟儿一样努力抖动着它们的翅膀，想要随风飞走。最让我震惊的是它是人工造就的！我简直无法想象，即使集我们整个部落也无法想象，怎么可能去创造巨大得如此不可思议的，几乎是神才能拥有的形象！

毫无疑问，这木头怪物是用来穿越海洋的。

我爬上了巨舟，像梦游一样游荡在其中用木头建造成的各个分隔空间中，这里面充满了神秘和不可思议的东西。有很多东西我根本猜不出是做什么用的，就像我根本想不出那些伟大的人会如何生活一样。

在岛上，我们很难得到金属，仅有的一点儿少得可怜的铜都被用在木犁的尖端，而在这条巨舟上，铜却像森林中的树木一样多得随处可见。我找到一片圆盘状的铜片：一面刻满了精致的花纹，中央还有一个凸起的圆纽；另一面则打磨得又光又滑，甚至能映照得出我的眉眼。在另一个舱室里，我看到无数的金属小圆片被串在一起，而这些串成串的小圆片堆满了整个舱房。我根本无法知道它们的用途，但是我知道它们的价值一定巨大得无法估量。

在最靠近船尾的上层平台的底舱里，我发现了那些制造巨舟的人。如此多的失去生命的躯体让我感到一阵恶心，更让我震惊的是，他们中间有些人是被杀死的！一些铜器丢弃得满舱都是，上面沾染着暗褐色的血迹；他们躯体上的伤口纵横交错，他们和我长得如此相似；他们没能活着穿越大海，即使是这些能制造巨舟的，穿越大海的似神的人也会死去！我感到自己在发烧，血液在太阳穴里冲撞。我颤抖着伸手抚摩一把铜矛。锐利的它穿透了一位武士的金属衣和肩胛骨，使他的灵魂和勇气破碎飘散。我在梦中见过这样的武器。我拔起了它，一股魔力从我的手上传来，就是这股魔力让我来到了海边，又是这股魔力让我找到了它：这是武器啊！这是不但可以杀死猎物，还可以杀死神的武器啊！

我试着把一件抛在舱板上的金属衣披在身上，它又沉又重，让人窒息。我把它丢在一旁。但是那把铜矛，我把它紧紧地抓在了手中——它毫不费力地穿透了那些腐朽的木板。武器！武器！我挥舞着它，木板的碎屑四散飞舞。嚓，嚓，嚓。我的心在狂跳，这是我的梦啊。

我从黑暗的舱中跨出来，白晃晃的阳光正照耀在破败的甲板上。一个黑袍人突然从角落里蠕动着爬了出来。他翕动着干裂的嘴唇，叫道："水，水……"

　　我受了惊，猛地张开翅膀，向后飞了起来，悬停在半人高的空中。

　　看到我的翅膀，他大吃一惊，眼泪从干涸的眼窝中流出来。"羽人！羽人！"他低声叫道。

　　他咕哝着一些不可思议的、也许是毫无意义的话：大得无边的岛屿，像叶子那么多的人民；这些人民有一个至高无上的王，就是他下达了横穿大海的命令。他说："始皇帝陛下，从古迄今最伟大的国王，他征服了六个几乎同样伟大的国王，统一了天下。他能役使成百上万的武士和劳役，能修建王国的边界那么长的城墙……他派遣一千名使者，前来祈求永生。"

　　他的话燃烧着我的心。我看到了无数的青铜武士矗立成林，无数的战船劈开大海，航向远方的岛屿；我看到了沙子一样丰足的谷物，难以计数的代表财富的金属圆片；我还看到了象征无上权威的永恒的城墙和宫殿；黑袍的始皇帝在陵墓里腐朽的时候，我还有几百年几千年的时间去制造奇迹。而这一切的代价仅仅需要用没有价值的生命去换取。

　　"蓬莱，永生。"他喃喃地说。而我听见了刀剑的交锋、杀戮和燃烧的岛，永生的岛屿将不复存在。

　　"现在。"我说。我握紧了铜矛，扎进了他的心脏。

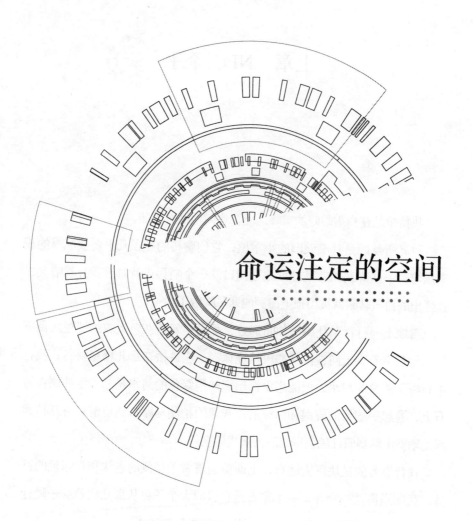

命运注定的空间

上章　NPC^①杀手

一

　　我持枪站在白雪皑皑的雪峰之上，悠闲地抽着雪茄。

　　目光所及的是几座破旧的小木屋，它们腐朽的屋顶几乎要被厚厚的积雪压垮，一些弹药箱散乱地堆放在门口。一个哨兵正背对着我打着哈欠，他呼出的白气转眼就被山顶上凛冽的寒风吹散了。

　　雪地上一行行杂乱脚印伸向远方，那是穿着蓝灰色大衣的巡逻队留下的。他们牵着狗走向铁丝网和机枪掩体，一座铁桥在那儿横穿峡谷；我看不到桥下湍急的河水，但能想象得出那些墨绿色的河水是怎样地冲刷在岩石上，卷起一层层的旋涡和白沫的；灰黑的柏油马路从铁桥前一直延伸到远处峭壁上飘扬着红黑色军旗的古堡式建筑前。

　　我背靠着的是块巨大怪石，上面覆盖着做工精致的雪沫和青绿色的苔藓。我知道再过一会儿，一个穿着迷彩服的大个子将从那儿伏着身子爬过来，在我视线转开的一刹那，用一柄匕首割开我的喉咙。

---

① NPC：non-player character，意即非玩家角色。

　　紧接着他还会干掉背对着我的哨兵，从木屋中偷到弹药；他会和他的伙伴们干掉所有的巡逻哨和机枪手，抢夺通信兵的摩托车，最后在高高飘扬着军旗的古堡中放置上一枚定时炸弹。我清楚地知道所有这些，但却无法阻止什么——因为那些规则和因为我只是一名NPC。

　　这是一个上天安排好的法定程序，不然，这个程序必定谬误。所有的NPC都注定要死去，那些巡逻兵也无法幸免，他们注定要被杀死，游戏玩家将是最后的胜利者。虽然在人数上我们占着优势，但游戏规则在保护着他们。在游戏中允许失败，也许这是这些外来人沉耽于其中的原因，我不无嫉妒地想道。失败的时候，他们可以从头开始，而我们失败了——那就意味着死亡。

　　这个世界永远没有希望。

　　一阵风从山脚处刮来。我在寒风中搂紧了枪，竖起耳朵，知道松涛声能遮盖雪地上爬行的声音。山上到处长满郁郁葱葱的矮松和枞树，黑暗中鬼影幢幢，那儿是他们活动的天地。大个子已经有两次没能在对面的哨兵发现之前躲到木屋里去了，也就是说——他被击毙了两次。虽然每次那个哨兵都在哈欠连天地抽着烟，但总能看到大个子愚蠢地露出在岩石后面的屁股——这次的玩家真的是个不懂吸取教训的新手。但不得不承认，他每次杀我的时候都还算利索。不管程序设计人员是怎么想的，事实证明，他们把我放了一个愚蠢的站位上。

　　"Guten tag！"①一个低沉而熟悉的声音从近处传来。我转过头去，看见一位穿着灰色德国军官制服的瘦高个儿在铁丝网前拦住了一队巡逻兵，

---

① Guten tag！：德语，日安！

攀谈起来。那是个模样讨人喜欢的家伙，他个子很高，有些瘦弱，苍白而瘦削的脸上挂着一副金边眼镜，一副自视甚高的样子——虽然我们都知道他是个间谍。一瞬间的疏忽，你转过身去，这个始终微笑着的年轻人就会掏出一个注射器，把毒针扎进你的后背。

我们都知道他是间谍，但问题在于，不能在他露出马脚前把他就地枪决。这就是游戏规则。

我回过头来，在雪窝里跺着脚。每天一模一样：一只鸟照例从树后窜出来飞向天空；太阳朦朦胧胧地挂在高处；巡逻兵们在不耐烦地听着那个间谍的啰唆，即使那家伙只是在数数和打嗝；大个子快刀手很快就会出现；由于寒冷和无所事事，我叼着烟陷入了一种半睡半醒的状态中，通常只能梦见鲜血和黑暗。

一阵单调而微弱的轰轰声从远方传来，就像是春天里最早的雷声，我猛地惊醒过来，立刻觉得空气中蕴藏着一股陌生的味道。背对着我的哨兵不见了，间谍和巡逻队也不见了。四周一片寂静。巡逻队肯定有好一会儿没有出现了，他们留下的脚印被风卷起的雪沫渐渐覆盖。大概他们已经在哪个角落被干掉了？我闷闷不乐地想道。虽然我既没有听见枪声，也没有听见警报，一种失职的不安和内疚感还是在心头泛起。

我探出头往远处望去，戴着灰色无檐帽的机枪手也不见踪影，雪地上只留下了那挺孤零零的MG4A型三脚马克泌重机枪，像是一只不祥的黑色大鸟蹲踞在掩体里。事情隐隐有些不对头，可是按照规则，我不能过去查看。

远处又传来一阵震动和雷声。

怎么回事？他们杀死了所有的其他人，单单漏掉了我吗？

"Wer ist da！"①我叫道，猛然拉动了枪栓。

"别开枪。"有个人在松树的暗影中叫道。他从雪上跑过来，跑步的姿势很奇怪，黑色的滑雪服在耀眼的雪地上很显眼。

二

这不符合规则，我暗自思索道。他应该立刻趴下来爬开，看我是否会跑过去查看，这是他们一个常用的陷阱。一个小小的自主数据分支让我犹豫了一下。开枪吗？还是把他俘虏？

他跑到了手枪的射程之内，没有停步的意思。好啦，他再跑两步，我就可以开枪了，我厌烦地想道，然后他们只好取消进度了，一切重新开始。1，2，我在心里默数着，扣扳机的食指抖动了一下。

就在这时，他的滑雪帽在跑动中松脱了。一簇黑亮的长发在风中飘动起来。是个女孩子。

这不可能，我的手指僵住了，游戏中没有女性角色。

她跑近了。

"会说英语吗？"她问道，虽然还有些气喘和惊慌，却依然带着点命令的语气。

"会。"我谨慎地回答说，枪口不离她的左右。虽然生活对有些人来说只是一场游戏，但遵守规则是我的价值所在。"实际上我们这儿都说英

---

① Wer ist da！：德语，谁在那儿！

语，"我说，"只是偶尔说说德语，因为这是在美国制造的游戏中——虽然设计者是个西班牙人。"

"太好了，我在学校里只学过英语。"她说，"该死的，这儿又没有汉化程序。"

我打量着她。她看上去没有武器，穿着一件式样宽松的黑色聚酯滑雪服，仿佛不为这里的恶劣天气所动，拉链拉得很低。我看到里面的T恤衫，胸口上印着一行绿色的字："我们去远航"。她身上散发出的数据流温暖而芬芳，让人松弛。与此同时，她也上下打量着我。"嘿，你没觉得有什么地方不对劲么？"她不耐烦地问道，漠视我紧握在手中的长枪。

雷声、震动，还有奇怪的女孩，我思忖道。没有枪声，没有脚印，没有尸体，这些玩家怎么搞的？也许他们找到了什么诀窍或是密技之类，总而言之，今天是不寻常的一天。

"那么，你又是谁？"我意识到自己的职责，抬了抬枪口指正了她。

"我是游戏监督员。"她说，"听着，这儿出问题了，网络中有了病毒。"

"游戏监督员？"我是如此惊讶以至没有回味过来她后半句话中的含义，"你是个网络精灵？是你们创造了世界？"

"创造世界的另有其人，我们只是守护它的运行。"话虽然这么说，她的表情还是透露着一股高高在上的自豪感。

按照外来人的标准来看，她是一个带着点稚气、漂亮动人的女孩子；而那些网络精灵是高不可及的神明，它们高高在上，俯视着这个杀戮不断的世界，对下面的战斗、屠杀、飞溅的鲜血不屑一顾。它们从不参加战斗，这个世界几乎由它们塑造和维持，但是这儿的生活显然对它们毫无意义。

"网络精灵从不到这儿来。"我说，疑心重重。

"你还不明白吗？我是掉进来的。那是些新病毒，我没有识破它们的陷阱。它们塞满了整个通道，我迷失在这儿了……你还不把枪放下来吗？"她生气地说，"现在你得听我的指挥。"

她仰对着我的那张脸漂亮、自信，充满生机。我生硬地摇了摇头："不，在这儿我只听从本恩特上士的直接指挥。"

"什么？"她难以置信地冲我嚷道，"你是个笨蛋吗？病毒会让所有的玩家迷失在这儿，它们将会造成巨大的破坏，直到这个人造世界崩溃。不仅仅是游戏世界，还有整个网络、工作站、通信设施……外面的世界、所有的一切……"

"这些和我没有关系。"我耐心地对她解释说，并把烟嘴吐到了地上。

"……这真愚蠢，我干吗要对你说这些，你根本就不会理解，你只是……一个NPC。"她的情绪莫名其妙地低落了下去，有点沮丧地往传来震动的远处望去。也许是我的错觉，那边的雪地上仿佛有些什么黑点在隐隐蠕动。

这个落难的小精灵高傲而没有礼貌，对此我倒是不太在乎。

"这儿也会崩溃的。"

"这儿的规则由你们制订。"我彬彬有礼地说。

"告诉我这儿的玩家在哪？我需要和他们联系，"她摇了摇头，不再看我，"如果他们还没有出事的话。"

"我不知道他们在哪。"我带着点恶毒地说，"事实上，玩家的任务之一就是尽可能地不被我们发现。"

"哎哟，真见鬼，"她痛苦地呻吟了一声，"讨厌的游戏，要是我能和监察站联系上就好了。"

"你是说那些传说中的大巫师吗？精灵的法力不是也很大吗？"我说，"你的工作不应该使你害怕这些病毒。"

"我说过了，这是些新病毒，我无能为力。"她几乎不想和我说话，但最后还是告诉了我，"没有代码就无法删除它们。而且我在回路中丢失了一些工具，我甚至不能从正常通道退出了。"

我知道什么叫代码，每个独立活动程序段都有对他们而言生死攸关的几个数字。

她突然皱起眉头，抓住了我的胳膊："它们来了。你听到了吗？"

暗处有一些叽叽喳喳的声响，几个黑影在山坡上的树丛深处一闪一现，远处传来更多的声音。

"它们是谁？病毒？"我很喜欢被她抓着的感觉，但是立刻又放弃了这一感觉。外来人和我们从来就不是一路人。

"当然不是，它们是感染了的其他NPC，"她说，"快点离开这，笨家伙。想要命就和我一起跑吧。"

"不行。"我说，"我建议你也别跑。"我挂枪而立，重新掏了根烟点上。

她不耐烦地站住脚，皱着眉头看我。她的眼睛是黑色的。"又怎么啦？"

"你了解这个世界吗？这是个即时战术世界，充满敌意的世界……"我望了望山头上那些鬼影幢幢的黑松林，青苔覆盖的怪石，破败腐朽的木屋，"到处都是死亡陷阱。就这么从雪地上跑过去会留下脚印。另外，你的衣服在雪地上太显眼了，不管追你的那些是什么东西，离1000米远它们就能发现你。"

"嘿。"她略显惊奇地看了我一眼，"你还真懂得一点。这是他们男孩子爱玩的游戏，他们通常是怎么混过桥的？穿过树林爬过去——恩，也许我来上一套雪地迷彩服会更合适。"她伸出左手，一个指头变得透明起来，放出了如玉般的光芒。在我目瞪口呆的注视中，她用那只手触了触我的雪地作战服，大块的白色和小块的黑色、绿色开始像云雾一样笼罩在她的滑雪服上。"我拷贝了一件你的衣服，有些大了。"她说。她拉了拉衣服下摆，那套衣服立即奇迹般地缩小了，十分合体地紧束在她的身上。

我明白自己不该离开哨位，但是这个网络精灵身上有某种东西让我惊异，她和我以前见过的所有人都不一样。不管怎么说，既然精灵控制着这个世界，她的话也就算得上命令。"好了，我们走吧。"我说。

三

我持枪走在阴暗的丛林中，四处张望。我熟悉我的世界，就像一个服无期徒刑的犯人熟悉自己的牢房一样——它有1000米长，1000米宽，一条陡峭的峡谷把它分成了两部分。南边是一块相对平缓的山坡地，到处散布着雪松和低矮的灌木，只在坡顶上有一片开阔地，我们的位置在空地上靠近西部树林的边缘地带。城堡高踞的悬崖就在峡谷的对岸，有一条秘密小道（并不是所有的玩家都知道它）可以翻越峡谷，攀爬上悬崖。那是到达城堡的最短路线，但在没有攀爬工具的情况下这太危险了；另一条路是通过空地东部边缘的铁桥，危险在于桥头的开阔地上，那些被控制的NPC如果有足够智力的话，就会迅速控制那一地区。它们会迅速控制到对岸，直至整个游戏。我暗自思忖着，如果是我，我也会这么干的。

她计划沿边缘地带的树丛行进到尽可能靠近桥头的地方，然后再快速通过那片开阔地，穿过铁桥。病毒也许已经侵犯了对岸，也许还没有。只要在那边找到我的伙伴们，管他来了什么东西，足够抵挡一阵的了，我想。

我不知道那些随风飘送而来邪恶的低语声、躲躲藏藏的鬼祟身影后面是些什么。其他世界里来的，她说。我没有回头张望，但知道女孩紧跟在身后，她的脚步很轻巧，几乎没有声音。

我们贴近了悬崖，涛声从脚下传来，透过树丛和石缝隐隐约约地能看到下方几十米深处墨绿色的急流。

我停住脚步。

"怎么了？"她低声问道。

"树林里有东西，"我说，"就在那丛灌木后。"穿过稀疏的树叶，可以隐约看到几个黑影。

"你去看看。"她紧张地说，"哎，小心点，别这样——"

她的话还没说完，我已经哗啦一声拉开了枪栓，一脚迈过树丛，喊道："把手举起来！你们被逮捕了！"灌木枝叶后面，是大个子快刀手和他的朋友。他们依旧摆着正在爬行的姿势，僵硬而没有生机。我把枪拄在地上，开始抽烟。

背后传来细树枝折断的声音，我回头看到了她。

"你简直就像个着急找死的笨蛋，"她咬牙切齿地瞪着我。她的眼睛是黑色的。"你就不能小心点上来看看吗？如果是它们，我们早就没命了。"

"嗬，这几个笨蛋出了什么事？"我说。

她看了看躺在地上的四具躯壳。"太迟了，"她轻声说，"病毒来过了。"

"我的伙伴们会变得和他们一样吗？"一丝不安开始顺着我的脊背往上耸动。

"你的上士？恐怕更糟。"她说，"不，暂时别动他们。让他们就这么待着好了。哎，你干吗呢？"

我走过去，用脚把他们面朝上地翻转过来，他们呆滞的目光茫然地向天而视。正是这些僵硬得像乌龟一样的外来人，闯入我们的世界，砍瓜切菜一般杀戮我们。有时候他们很笨，会死很多次，但最后他们都会是英雄，拯救世界的尤利西斯、超人、"二战"特种兵、蜘蛛人和蝙蝠侠。

"你好像不太尊敬他们。"她问，带着一丝调侃的语气，"你恨他们吗？不管怎么说，他们来这儿的目的只是为了找找乐子。"

"这我没有想过。"我说完便开始动手检查他们的背包和尸体。在梦里也许我见过一些他们的生活片段。那是巨大的黑洞，人们团团旋转，好似巨大的涡流一卷而过，不知所终。他们没有人知道自己此行的目的何在。相较而言，至少我们的生存意义标地明确，我想。烟在我的嘴里抖动，我把烟嘴吐到地上。

快刀手的腰带上有一大堆零零碎碎的家伙，我把它们全部解下，挂装到了自己身上。

她斜睨着那些形状古怪的工具，目光闪烁。"真不知道，"她说，"我该不该相信你和你的这些东西——你刚才到底为什么要那样跳出灌木？"

"如果你的法术不管用了的话，那就得遵循这儿的生存规则。"我客气地说，转过身去继续前进。她跟了上来，和我并肩而行。我又回头看了一眼，那堆灌木后仿佛有些什么东西，不是那些尸体，另外有些什么让我不安。我四处张望，什么也没有。

在靠近空地边缘的木屋边我们发现了第一具德国兵的尸体。

"这是一个陷阱。"我趴在树丛边一块巨石后跟她说。这也是那些敢死队常用的花招。按照规则，我们必须跑上前查看，而我们通常都有去无回。

"它们知道我们在这儿。"她回头看了我一眼，惊异地问道，"你怎么啦？"她的眼睛是黑色的。

我正在卸身上那堆乱七八糟的从玩家们那儿搞来的装备。"我死了以后，你可以把这些东西带上，多少会有点用的。"

"你疯了。你明知道是陷阱还要上去送死？"她用一个夸张的动作把手指塞进嘴里，"救命啊，我和一个疯子在一起。"

"别拉着我，"我说。我的手在簌簌发抖，责任感正在顺着手背蔓延，"这是规则。"

"即使明知是去送死？"她嘲弄地说，"怪不得刚才你一下就跳了出去，我还以为你很勇敢呢。这就是你们的生存规则？"

"是这样，"我叹了口气，站起身来。这个自高自大的精灵，好像什么也不明白，"也许你看着有点笨，但这是我们行动的准绳。如果我不走上去，这个世界就失去了存在的价值。我们命中注定要死在陷阱里。"

"等一等，"她在我身后叫道，"可这规则太不公平。"

我向前走去，规则在我的胸腔里一下下跳动，已经是急不可耐。

我没能完成我的价值。一只手从后面拉住了我的背包。我该怎么来描述这只手呢，这只手温柔而没有质量，可是它魔力无边，它发着光，穿透了我的背包和衣服，像一股风充盈在胸腔。我听见心底某个地方咔嚓一响。我想放声大叫，汗珠从额头上滑了下来。在一阵战栗中，我不由自主地跪在了地上。规则不复存在了。

我清醒过来，看见她手里握着一个小小的……鸟笼，这是个比拳头大不了多少的鸟笼，金属纤维在阳光下闪闪发光。

"你也许会觉得它像个鸟笼。"她微笑着说。我很喜欢她嘴角上翘的模样，"这些数据块没有具体的模式，但你们会把它看成一个实体。"

"你做了什么？"我虚弱地说，"怎么能没有规则呢？生活岂不是荒诞不经了？居然可以看到地上的雪茄烟不跑上去捡它，有人丢石子时不跑上去查看，看到跑动的黑影不发出警报吗？你改变我了。"

"这你倒说对了，规则先生，但你记住，"她生气地瞪着我。她的眼睛是黑色的，"是我救了你！这些规则是精灵设计来限制你们的，现在我让你自由了。"

"在你们那儿，时间可以向后飞行，眼睛可以更漂亮，谎言可以不存在，生活可以更快乐吗？"

"大概不行。"她承认说。

"你看，你也有你们的规则。我们都想要改变它，可是真的改变的话，那是不对的。"我说。

她盯着我看了好一会："好吧，是我不想让你死掉，这个游戏——对不起，这个世界我很不熟悉，我害怕了。也许下次我会先征求你的意

127

见。"我不知道她的话里有没有讽刺的意味。

事情越来越好玩了。没有规则了，我思忖道。我可以选择自己爱走的路；我可以看到陷阱而置之不理；我可以找个地方呼呼大睡；我可以不用管那个破弹药库里发生的一切，它是被小偷摸入也好，爆炸了也好，都和我不再相干；现在，我还可以离开这个奇怪的累赘的外来人——那些病毒，不论如何，是我们的数据兄弟，当它们起来反抗的时候，我不一定要去帮助一个外来人呀。

"你得帮帮我，德国佬。"她诱惑我说。她让我想象外面的世界，网络崩溃，上亿的人迷失在网络中，交通堵塞，经济恐慌，总是些抽象的大道理。她从她的天堂里掉了下来，她所作的一切不过是要重新回去，这个世界最终如何，她会在乎吗？

她现在越来越显得纤细、瘦弱，紧张不安，还有些沮丧。

"为了你，我会跟你走的。"我说。

"不，不是为了我，是为了那个世界。"

"好吧。"我说，把烟嘴吐到了地上。为了那个世界，没有白活一场。

"现在我们该怎么办？"

"我会给它们回敬一个圈套。"我说，解下了背包。

四

我小心翼翼地贴着地爬行，没错，是贴着地爬行。我从来没有这种在铺满松针的雪地上爬行的感觉，它也许违反了规则，却带来一种奇特的愉悦感，接触身体的是一种松软的数据流。我小心地倾听了一会儿，耳边只有淙淙的水流声。我仿佛成了那些偷偷摸摸、鬼鬼祟祟的玩家中的一员。要论贴着地爬行，我可比那些倒霉的敢死队员们更有天赋。

我贴着墙角爬近了尸体，布下机关。我后退了几步，拧动腰带上的开关。一股刺耳的噪声从诱敌器中喷薄而出，打破了雪后树林中的寂静。

木屋后传来一声可怕的咆哮，一个大如獒犬的黑影从拐角处冲出，向我扑来。它的速度快如闪电，虽然我早有防备，但根本来不及瞄准它。

一声清脆的金属撞击声。那只怪兽在近在咫尺的地方猝然止步，发出了令人毛骨悚然的吼叫声。

我看清了它的脸，那是一个噩梦中才有的形象。它在捕兽夹上疯狂地挣扎扭动着，捕兽夹的钢制利齿打穿了它的腹部，白色和粉红色的泡沫从它那长满锐利尖牙的巨口中不断淌下来，它目光中透出的邪恶让我打了个冷战。（除了诱敌器和捕兽夹之外，玩家们还携带如下装备：手枪、匕首、登山镐、潜水器、橡皮艇、鱼叉枪、霰弹枪、定时炸弹、手榴弹、雪茄、急救包。）

我端着枪迅速检查了一遍屋后，那儿只留下一堆零乱的脚爪印。我在被夹住的怪物前站住了脚。它身上油腻腻的鳞片闪闪发光，长着锯齿的尾巴仍然在重重地敲打着地面，犁出了一道深沟。一种棕绿色的黏液从它身上流下来，这不是这个世界上的生物。它那邪恶的充满仇恨的目光使我明白它们没有道理可讲。不会有怜悯，也不会有宽恕。我们是异类。

"干得不坏。"女孩说，她躲在我身后，不敢多看那家伙一眼，"这是另一个网络游戏中的'刺龙'，你要小心，它能钻到土里去，从下面进行攻击。"

"你们究竟为什么要造这种怪东西？"我问道。

"我不知道，"她说，用手指抚弄着破板墙上塑造精美的积雪，把它们打散，一点一点地飘落到满是污黑的地上，"他们男孩子喜欢的游戏。"

"我们走吧。"我收拾起东西，当先前进。

"知道吗，你走路的姿势有点可笑。"她小跑着紧跟在我后面。

我当然知道，走路的时候，我们要移动重心，抬起膝盖18厘米，脚掌着地，先是左边，然后是右边，再次调整重心，这一系列的步骤有力然而僵硬。如果要跑动，我们就迈开大步，不论是平地还是坡道，对我们来说全都一样，弯曲膝盖，伸直，再弯曲，再伸直。我们像在空中滑行。我们从不跌跤。

我注意她走路的时候跌跌撞撞，会被树根绊住，会被雪窝陷着，然而她走起来的样子美极了。她每走一步，运动的是全身上下的每一块肌肉，肩窝、大腿、膝头、小腿、脚踝，在她的每一步中协调起伏，绷紧放松，像一根圆滑的曲线跟随着音乐声颤动，像风吹过林梢，像水流过石头——那是一种自然的美。

"我本来并不想找你帮忙的，"她承认说，"但是那些鬼家伙追得很紧，我想，你的武器也许能抵挡上一阵。"

"会开枪吗？"我边走边解下一把M19，递给她说，"注意后坐力。每三枪才能打死一个人——但是我不知道几枪能打死一个怪物。"

"你不恨我们吗？是我们把你塑造成一个'坏人'。"她好奇地看着我，把枪接过，插在后腰上。

"不，我可不觉得我们是坏人，"我指点着眼前的世界向她解释道，

"我们出生的时候就面对着这个世界，我们看着它，保卫它，被杀死，这是我们的生活。那几所破旧的木屋，那座波旁时期的古堡，那座院子里象征帝国的雕塑，对我们的意义与你们世界的玻璃办公楼、行走的马路和水泥岗亭，又有什么区别？我们冷眼旁观，你们忙忙碌碌。你们一遍遍地把这个世界毁掉，又把它们修复如新。毁灭和诞生，这永远是一个循环反复的死结。你们是试图在其中寻找什么吗？你们又能找到什么呢？"

她重新打量了我一眼。"真没想到，"她说，"呵，看来我对你们还缺乏了解。你们保留死前的记忆吗？"

"死如粪土。"我说，"死亡的时候，我们在做梦。那是个又黑又冷的空间，我们身边飞速流动着数以亿计、浩如宇宙的信息，只是大部分根本无从理解。"

我们死去，出生，战斗，再次死去，出生，战斗，好像北欧瓦尔哈拉神宫的战士，他们在恩赫里亚平原上战斗并且死去，太阳升起的时候，他们又会重新复活，继续新的战斗。在死亡空间里，我梦到过一个黑色眼睛的天使。她试图带着我们脱离了这个翻覆不休的世界。我的眼睛是灰色的，我们所有人的眼睛都是灰色的。我从来没有见过黑色眼睛的玩家。

我们在雪地跋涉，空地在即了。我小心翼翼地四处张望，这儿一片寂静。

我们步入空地，几所木屋围绕着这个空地，遮断了通往铁桥的视线。

"我累坏了。天，真希望能休息一下，"她疲惫地说，"本来昨天夜里我就该下班了——我要在这儿休息一下。"她歪到木屋前的几级台阶上，坐了下来。

危险。这两个字眼突然跳入我的脑中。只能把它解释成一种本能。在这个熟悉的场地上，正在泛起一股陌生的气味，仿佛刀子尖锐地插入面团。危险。它在说，危险。

我解下我的枪。她不解地望着我。我把枪支到肩上，寻找着那股气息。它在她的身上。

我把枪对准她的时候，看到了她那张惊惧的脸，她的眼睛是黑色的。

气息更强烈了，我移动枪口，让它向下对着她脚下的泥土。那儿颤动着，几块土壤正从地面上翻起。我扣动了扳机。

一条长满锯齿的尖尾突然从地下射出，几乎扎在我的脚上。我瞄着脚下翻起的泥土又射了几枪。没有时间看是否打中，我一把拖起她飞奔起来。

我们转身拼命地向空地跑去。雪地在我们的脚下簌簌作响。

"我喘不过气来了。"她说。

"我拉着你。"我边说边迈着大步在雪地上跳跃飞奔。弯曲，伸直，弯曲，伸直。

我们跑过了两座木屋，我看到了更多伙伴们的尸体倒在地上。一个通信兵头朝外仰躺在门廊里，手里还抓着一份电报，他也许刚刚进门就遭到了袭击。

我们跳过了一道铁丝网，又穿过几座木屋间的窄道，桥看上去就在前方。

一团雪块从上面落下，掉在路面上摔得粉碎。我拉住她的手，猛地站住了身子。

一只新的怪物突然从屋顶上掉了下来，正好砸在了路上。在木屑和雪沫横飞中，它蹲下粗壮的后肢，张开血盆大口，发出威胁的嘶嘶声。

我转头看见更多的丑恶家伙从雪堆里，从灌木丛中跳出来。

"你能删除它们吗？"我高声叫道。

"不，不行。在陷阱中我丢失了一些工具，"她摇了摇头，"它们身上混合了病原体，拥有新的代码。"她从一个我原来没有注意到的兜里掏出一块亮晶晶的东西，那东西在空气中变长了，在雪地里反着清澈的光。她蹲下身去，用那根水晶棒从雪地里树起一道高大得不合比例的铁丝网。那几只怪物停止了咆哮，有点惊疑地打量着我们和它们之间新出现的障碍物。它们显得焦躁不安，上下摆动着硕大的脑袋。

"快走，"她说，"它只能坚持一会儿。"

我拉着她向木屋后跑去，忍不住回头看了一眼。

一只刺龙高声咆哮了起来，它也许就是从屋顶上摔下来的那只家伙。管它是不是——它只轻轻地一跃，就越过了那道两米高的障碍。

"他妈的。"我说道。另几只刺龙也跳过来了。

我们向树林跑去。刺龙吼叫着跟在后面追击。

这样不行，我们跑不掉了，我想。我的脑子像是抓住了一个什么东西——那个通信兵，那个死在房子门廊里的通信兵。

"回去，拐回去。"我冲着她喊道。

"你说什么？"她惊疑地盯着我，"你疯了吗？"

"回到房子前面去。"我喊道，不再解释，转身开始用枪连续射击。一只怪物翻倒在地上，另几只停下，愤怒地咆哮着。它们并不急于扑上来，也许是它们也明白我们跑不掉了。

"你真是疯了。"她生气地叫道。

我一把抓住她的手，拉着她折回到屋前。果然不出所料，这儿有个小棚子。我冲进棚子，拉掉油布，一辆通信兵用的三轮摩托车露了出来。我们得救了。

"用你的魔棒拦住它们，只要一秒钟。"我叫道，发动了车子。

发现了猎物有逃跑的可能，一只刺龙发起了攻击。它以令人惊讶的速度掠过了我们之间短短的距离，在雪地上高高跃起。我用眼角就能看到它那匕首一样闪闪发光的爪子，但它被雪地里凭空长出的铁丝网绊了一下，狼狈地摔倒在地。

她跳上了车子后座，摩托车愤怒地吼叫着，在雪地里颠簸着冲了出去。

我拐了一个急弯，躲过了几只追来的刺龙。车子在雪地上吱吱尖叫，滑行着，终于冲上了柏油马路，向着高耸在峡谷东端的铁桥疾驶而去。

五

桥头上出乎意料的安静。哨兵和巡逻队不见了。我的心头泛起一阵不祥的预感。

冲过铁桥后，我在桥头刹住车子，回身向桥上跑去。

"你去干什么？"她在后面生气地质问道。

桥的那头，刺龙群正咆哮着飞奔而来。我在铁桥中间找到了一个暗绿色的盒子，这是工兵预先设置好的炸药，只要有引爆工具，就可以把整座桥炸垮。

我蹲下身来，打开背包，一股腥臭味从附近传来。我抬起头向后张望。一只刺龙从桥上栅栏间隙中跳了出来，它一定是早就埋伏在这儿的。

我低头在背包里翻找，背包的一角露出了一包定时炸弹——正是我所需要的。

刺龙咆哮着逼近了。我按动定时炸弹的开关，扔下它后转身就跑。

滴答。滴答。那是巨大的秒钟走动声。它在整个世界轰响。这座桥就要垮下来了。滴答。滴答。时间在有节奏地搏动。我不顾一切地向前狂奔，想起了一句莫名其妙的台词——每座桥梁都有一个心脏。刺龙在我身后紧追不放，我甚至能感觉到它嘴里的热气喷到我的背上。

我拼尽全力地奔跑着，一声喇叭般的吼叫在我耳边炸响，一张血盆大口猛地从我的后面伸出来，巨大的力量撞击在我的背上，我摔倒在冰凉的水泥地上。为了外面的世界。让外面的世界见鬼去吧。

一颗子弹从我的耳边擦过。一枪，一枪，又是一枪。枪声轰鸣，甚至盖过了时间流动的天籁。

刺龙痛苦地嘶叫着，翻倒在地上。

"我差点打中了你。"她说，手里提着我给她的枪。

"你没有。"我说，一步跳进挎斗。她已经在驾驶座上做好了姿势，车子呼啸着冲了出去。

铁桥的另一头，成群的刺龙蹿上了桥面。就在这时，一直在耳边轰响的巨大走秒声终止了，伴随着一连串低沉的轰鸣声和震动，铁桥在一阵浓烟和烈火中摇晃着掉入了峡谷，连同上面的一群怪物。

她猛地刹住了车子，我几乎摔了下去。

她看上去真的生气了。她黑色的眼睛闪闪发光："你抛下了我一个人在车上！天哪，你总是如此疯狂吗？"

我躲开她的眼睛："这什么时候成为一条新规则了，行动之前我必须向你请示吗？"

她喘了一口气，别开头去看着前方："如果你想证明什么，我向你道歉。"

"不用了。"我硬邦邦地说。知道她说得对。

我想证明什么？我不怕死？我技艺超群？我才是拯救世界的特种兵？只是那个世界于我何干？

我挂枪坐在车上，默默地抽出一根雪茄点燃。滚滚黑烟从我身后的峡谷里升起，那个梦在我脑海中清晰异常：一个僻远的荒原上，王的护兵爱上了公主。她就是那个黑眼睛的天使，而他有一个悲哀的结局。

"不要再这样了。"她依旧盯着我，"听着，我不希望你逞个人英雄。这实际上是我的事——"她眼睛里仿佛有一些其他东西，比生气更柔和。

"我不知道还会不会再这样，"我把雪茄吐到地上，实话实说，"我们脱险了吗？"

"恐怕还没有。"她忧伤地说，抬头向上看了看。

一些灰色的棉絮状的东西从天上飘了下来，它们落在了地上、树上和雪地上，黏结成一大团一大团的无光泽物质。空气中浮动着看不见的细丝，它们飘拂到我的脸上，拂也拂不去。

世界开始崩溃了。

下章　病毒与精灵

一

　　我们看见第一队A国人时，他们正迈着刻板而僵硬的步子绕着一小块空地巡逻。空地中央是一棵孤独的雪松，一顶破碎的降落伞在树梢摇曳着。这儿是2号空地，盟军敢死队本可以在此补充物资。

　　我们趴在灌木丛中往外看去，那里是我的伙伴，我的数据同胞们。一种相互依赖的温暖的安全感让我情不自禁地爬起身来，想跑上前去，她拉住了我。"小心一点，别抱太大希望。"她说。

　　我没有太在意她的话。不管她是怎么看的，这些士兵是我真正的伙伴。

　　"你要是不放心就留在这儿好了。"我说。但是在走出灌木和树枝簇集成的阴影前，我还是小心地观察了一会儿。

　　他们看上去都很好。唰唰唰，他们的步子僵硬而整齐，黑色的皮靴在雪地上周而复始形成的圆形印迹中插进去又拔出来；唰唰唰，每一脚都踩在上一循环的脚印中，精确无误。一切都很正常。我不由自主地加快脚步，向他们跑去。一切都好了。我情不自禁地想笑出来。他们都是我的兄弟和战友，我们一起被利刃划过咽喉，一起被子弹撕裂胸膛。在死亡空间里，我们互相交流数据以使我们连为一体，我们一起默默忍受寂寞，一起遭受屠杀。我们是兄弟。我得警告他们即将面临的危险。

一切都好了。现在我们可以去掉身上的鸟笼，一起并肩战斗。战斗的激情在我的心中缓缓地燃烧着。这才是真正的战斗，为了胜利的战斗。

斜披在树上的降落伞后露出一小角灰色的布料。我放慢了脚步，逐渐靠近，一顶灰色的军帽渐渐从破碎的伞包后面显露出来。那是个昏迷不醒的间谍，他脸朝下趴在树下的土地上，身上已经覆盖了薄薄的一层雪花。我的心狂乱地跳了起来。

巡逻兵停住了脚步。他们把脸抬起来，望着我沉默不语。他们的面孔惨白而僵硬，眼睛像是巨大幽深的黑洞，涌出绿色的汁水。空气中充斥着棺木腐臭的气味。

病毒已经先到了。

有那么一瞬间，我被固定在地上，一动也不能动。什么地方传来一声凄厉的号叫，我脚下的雪地震动着塌陷了，一些雪块夹杂着碎土从地下翻转过来，仿佛一个巨大的看不见的铁犁直对着我冲了过来。是刺龙。

我放声大叫了一声，转身拼命奔跑了起来。身后传来一片令人毛骨悚然的号叫声。

前方也响起了脚步声，一个黑影从灌木丛中冒了出来，我拼命地转身，却来不及躲闪，和那个黑影撞在了一起。

"是我，是我。"她叫道，"别冲动。"

我镇定了一下，为自己的惊慌失措感到一丝害臊。我从来没有害怕过，因为我们对死亡已经习以为常。望着那些扭曲的丑陋的伙伴们，我却开始想要发抖。在我所经历的生活中——无论是被冰冷的匕首割断喉咙，还是被猛烈的爆炸撕成碎片——没有哪一次的死亡经历能和现在相比。雪沫从枝叶间簌簌落下，我知道他们没有死去，但他们的灵魂不复存在。

她充满同情地碰了碰我的肩膀："你还好吗？"

我默默地接受了她的怜悯。

"我们完了是吗？"她叹了口气，"桥这边也被沾染了，没有什么地方是安全的了。"魔棒在她手中放着光，只是那光亮越来越弱，就像她望着我的那双无助的眼。她的眼睛依然是黑色的。

她在这儿，我明白现在不是悲哀的时候。可是在魔棒也失去信心的时候，我一介小小数据块，又能做些什么呢？

"它们为什么要控制那些NPC？"

"那只是一个副作用，"她说，"它们占据了他们的躯体后，需要时间来大量复制、繁殖，生产出密密麻麻的孢子潜伏其中，等待发作的时机。你的伙伴会被分解、异化，变成……"她停了下来，不想往下说。我也不想听。

号叫声依然凄厉，但它们没有接近。

"它们一时半会好像还不想冲进来，"她蹙着眉头抓紧了手中的魔棒，催促说，"咱们快走吧。"

我环顾四周，再次有一种危险的感觉流遍全身。我深深地吸了一口气，给步枪换上一个新弹夹。还有哪儿是安全的呢？一个模糊的念头突然跳入我的脑海。

"那些刺龙——"我说。

"怎么？"

"不，别说话，让我再想一想。"魔棒的光一明一亮，照亮了我的帽檐下沿。"它们早就跟上我们了。"我记起了在大个子快刀手横尸地点的那种怪异感觉，"现在它们也在，就在这儿。"

"它们在这？我们脚下？"她吓了一跳，不由自主地往边上一闪，往脚底下看去。

"它们就在下面，"我说，踩了踩脚下盘根错节的老树根，"只是它们从来不在树林中袭击我们。"

"你说得对，"她低头看了看那片坚实的土地，"树根妨碍它们钻出土层。它们进了树林就威力大减了。它们原来存身的那个游戏中根本就没有树林——那好，咱们快走吧。"她拖着我的手，拉着我爬过老树纠葛的根须，挤过灌木丛生的沟壑，弯着腰从茂密的葛萝下匍匐而过。

"你要去哪儿？为什么挑这样一条道？"

"只要不出树林，它们将无能为力。"她一边奔跑一边说。

"可是你忘了他们……"我说，"忘了他们——我的伙伴们，忘了那些德国兵。"

"啊，我是忘了，"她拖着我的手，停住了脚，"那怎么办？他们对这儿和你一样熟悉，他们还是会追上来的，是吗？"

我沉思着说："还是让我来带路吧，让我带你去一个地方。"

我们不敢顺着山脊路行走，而是穿过密集的树丛往坡上攀缘。这条山脊地势高拔，是由一道火山栓形成的。从来没有人踏足过此地，我说。

"你说什么？没有人到过那儿？"她惊异地说，"可这个界面只有这么一点点大！"

"在你来之前，我要走的每一步都是事先设计好的。"我拉着女孩步步登高，"我们想象了一次又一次，想象着在这儿能看到些什么。可是我们不得越雷池一步。"

终于，我们穿过了积雪覆盖的松树林，登上了山顶。我带着股庄严的神态对她介绍说："我们到了。这儿就是我们的圣地。"

　　我们站在山顶悬崖上，寒风凛冽。它的顶端寸草不生，覆盖着厚厚的一层积雪，雪面纯净光亮，连一丝鸟爪的痕迹都没有落下。悬崖上有一整块斜挑出的磐石，巨大，无匹，浑圆，雷霆般压在那儿，制约着整个世界的平衡。这儿的景象和我千万个梦中的一模一样，天生一股冰冷而神秘的味道。站在悬崖边上，整个山谷尽在脚下。往东面，我能俯瞰到深谷和坠落的铁桥；往西面，我能看到下面不远处的城堡和门前的哨卡；我还可以看到更远处覆盖着积雪和松林的青山，山脚下那片朦朦胧胧的村庄。那座梦幻般的村庄，不论是谁第一次看到它，都会目眩头昏，难以自制。

　　随着一股悬崖下吹来的轻风，我看见她轻飘飘地腾空而起，我看到她飞翔着踏足到了黑色磐石上。"啊，啊，啊，这儿太美了呀。"她伸展着身躯，快乐地大笑着。她伸出发光的手指，打了个榧子，不知道从哪儿跑来一台老式唱机，在空中缓缓旋转起来。音乐像流水一样尽情地冲刷着她的身子。她飞旋着身子，站在那儿跳起舞来，身上的雪地迷彩服在旋转中慢慢地模糊，雾化，复又清晰，最后变成一件林中仙子才配有的柔软羽衣。也许是我眼花了，我看到一副天使之翼在她背上若隐若现。那双翅膀环绕着她苗条的身躯，让她宛若一件冰冷的精致易碎的水晶花瓶。

　　旋风起来了，峰顶上寒气逼人。我模模糊糊地伸出手去想要替她遮挡风寒，立刻又为这一念头感到了惭愧。我掉过头去，默默地点燃了一根雪茄。那副美丽的随风抖动的翅膀告诉我，那不是我能拥有的东西。

　　"真美。"她叹息着说，盘膝坐在我的身旁。我能感觉到她的膝盖轻轻地撞在我的腿上。她的魔棒从裙子的绉褶处滑落在地上，她没有伸手去接它。我们默默无语，凝视远处青山脚下的村庄，能隐隐约约地看到围绕着它的果树丛。

　　"你看那座村庄，你看那些果树。在那儿，果子永远不会从枝头落下，花儿永远不会枯萎。"我告诉她说，"它浮动着，永远在那儿。"

"那只是一幅画，我们放在了那儿。"她说，不知道为什么带着略微的歉意。

"不不不，它不是画，"我说，"它肯定在那儿。只是它像个海市蜃楼，我们永远也到不了那儿。在你们的世界里，也许它是一幅画，但在我们这儿，它是一个可望而不可即的希望——就像外面的世界。"

她默然无语。

"和我说说外面的世界吧。"我要求说。

"你也想知道外面？"她微微一笑，伸手去抚摸空气，仿佛能够碰着那些精致的景色。她开始慢慢地述说。

"外面的世界，我不知道该从何说起，它实在是太大了。它比这儿要大，大上很多很多倍，它看上去更真实，也更残酷。也许是因为太大吧，我们拥有选择的无穷性：和平、事业、快乐、爱情……虽然我们的规则比你们的繁杂，但那儿几乎是个自由的国度了。问题在于我们通常不知道该选择什么，于是许多人选择了流浪、放纵、酗酒、吸毒、犯罪——还有战争。（她偏头望了望我手里的步枪。）只是我们的年轻人在战争中死去就不会再复活，和他们一起消失的通常还有许多妇女和儿童。后来，越来越多的人沉耽于网络与游戏中，到那儿去寻找乌托邦。早先我们想在网络中塑造一个理想社会，像你们的世界——我们想维持一个崇尚自我牺牲、勇气、珍视荣誉和团队精神的虚拟现实世界。可是后来，慢慢的，这儿也出现了那些不好的东西，渣滓、病毒，还有更可怕的形象。"

"就像刺龙。"我低声说。

"是的，"她说，"刺龙、僵尸、冷血枪手、守财奴和吸血鬼。他们在和这些东西为伍中寻求刺激。这儿慢慢地变成和外面一样了。"

"你是怎么掉进来的？"我转移了话题。

她脸上一红，说："这是一种非同寻常的新病毒，它们在通路上设了一个陷阱，犯错误的人都会堕落到各个下层世界中。在堕落的过程中，他们会失去许多数据，许多魔力，他们将无法离开那个世界。我本该发现那个陷阱的，可是我当时快下班了，有人在等我吃晚饭……"

是啊，她本来不该出现，我想。被逐出天堂的天使会给尘世间带来什么？她跑到这儿来，扰动了整个世界。总有一天，我们会停下来，思索我们为什么非要一次次地被杀死不可。我们将会痛苦、彷徨、浮躁、惊恐不安，同时又充满希望。人人孜孜以求到天堂里去，那么天堂里的人又寻求什么呢？他们也痛苦、彷徨、浮躁、惊恐不安，并且只有绝望。

我望着远方，突然眼前一阵发黑，几乎摔倒在地上。远处的群山摇晃了起来，出现了马赛克一样的纹路。树丛和石头变得奇形怪状，它们突出了许多尖锐的角。我听到有什么东西不断掉落在树叶上，发出轻微的叮叮当当的声响，但什么也看不到。世界被改变了，它不再完美无缺。我第一次如此真切地看到身处的世界真面目。大地横亘在我的脚下，它是一块无边无际的数据；太阳的光辉高悬天际，如今阳光被切割成碎片，它们只是一团团吐露出光和热的数据。

这儿要毁灭了。

二

一个小老鼠般的东西出现在树丛中，它鬼鬼祟祟地顺着空地边缘溜了出来，动作中流露出的丑恶让人打心底里发出寒战。它以诡秘的神情瞪着我们，呲着牙发出尖细的断断续续的叫声。

"别动，那是病毒孢子，"她按捺住激动低声说道，仿佛怕它听见似的，"我要抓住它。从它身上可以找到病毒的代码。"她伸手去拿掉落在地上的魔棒。我看到棒子边上另外有个什么东西在动，它细细的眼睛像毒牙一样。

"小心！"我叫道，猛然伸出手去。它闪电般地在我手上咬了一口，掉落在地上滴溜溜地转着，想找个空隙跑掉。

我从背包上抽出刀子，唰地一刀把它钉在了地上。小东西挣扎了一下就不动了。我从眼角瞥见另一只病毒孢子飞快地转身，溜入密林中。

"你这个笨蛋，被它咬了。"她气愤地叫道，拉过我的手仔细察看。

"一点儿小伤。"我说道，俯身想拔起刀子，却轰隆一声摔倒在雪地里。

"怎么回事？"我昏头昏脑地说道。灼热的铅液顺着手臂流淌到全身各处。

"所以说你是个笨蛋。"她生气地说，把我的手摔在地上。

铅液带来的高热让我可怜的数据头脑昏昏沉沉。"我中毒了吗？那就杀了我吧。别让我成为他们。"我说。

"忍着点，我还可以救你。"她跪倒在我身边，伸出了一片银色的指甲，在那只老鼠的腹部轻轻一划，一大堆灰色的数据从破裂的腹部中挤钻出来，升上半空，纠合成一团黑烟。她不经意地随手拂了拂，那团黑烟随即随风而散。她探手专心致志地在那堆残骸中摸索着，阳光在她的头发边缘闪闪发光。我一阵迷乱。铅液仿佛冷却了，它在我的血管中流淌，铁线一样冰冷僵硬。可怕的风雷在我耳边轰轰作响。毁灭一切，毁灭这一切吧。有个声音在我耳边低低细语。这个世界全是虚假的没有意义的圆圈，为什么要替她工作。到我们这儿来吧，我们可以毁灭一切，我们可以当自己的主人。它低声地诱惑着我，充满难以抗拒的力量。

"杀了我，"我低声央求道，把耳朵埋入雪坑中，"杀了我吧，要来不及了。"

"好了，坚强些，不要像个孩子似的呱呱乱叫。"她说道，手肘猛地往后一动，从那堆残骸中抽出一颗红色的宝石，水银一样在她指尖颤动着。她的微笑变得像针刺一样让我坐卧不安。

快杀了她，快杀了她。它在我耳边大声尖叫。什么是规则，什么是控制？什么是善，什么是恶？要是不存在恶，善能有什么作为吗？自由啊自由。我悄悄地伸出手去握住枪柄。枪柄又冰又冷，防滑槽的花纹像利刃一样硌着我的掌心。

她伸手去拿魔棒。不知道哪儿来的力量，我翻身而起，想扑过去打落她手里的魔棒。

"别动。"她轻轻地说，目光坚定。她的眼睛是黑色的。

我看见她手里的枪，银色的枪管泛着光，对着我的胸膛。那是我送给她的枪。

我对着她的枪口咧嘴一笑，笑容在她光亮的枪管上曲扭了。"开枪吧，它不在乎。"我说，抬起紧握手枪的右手，举枪去看她的眼睛。

她银色的手指动了，一大团雪块凭空而来，打在我的眼睛上。白色的雪块碎末四散飞溅，迷住了我的视线。

开枪，开枪。轰！轰！密集轰炸。它叫着。我闭着眼睛接连扣动扳机，子弹呈扇形向外射去。在弥漫的火药味中，我听到一声痛苦的呻吟。我狂喜地吼叫了一声，可是有个什么东西卡在我的心脏部位，让我动弹不得。我努力地睁眼去看，透过白蒙蒙的一片雪沫，我看到魔棒绿荧荧的光。带着锐利尖角的雪沫融化在我的眼睛里，让我痛苦异常，从没有过的泪水涌出了我的眼眶，我放声大哭。我把她杀了吗？

它在我耳边尖叫，诅咒，不甘愿地咆哮，最后飞一般缩小，团成一个小小的黑色阴影。

一只手伸入了我的体内，揪住了那个阴影，把哭天喊地的它生拽了出去。

"我没有杀死你？"我呻吟着说，眨巴掉眼里的雪。

她在冲我微笑："一个网络精灵被NPC杀死？那可是个天大的丑闻。网络公司不会允许这种事出现的。"

我看到她的肩头上有一团血迹，不过那团血迹正在缩小消失。

"对不起，"我说，"我觉得抱歉极了。最后关头，你该下手的。"

"这么做是为了感谢你，你替我挡住了它那一口。"她说。

我们都有一些不好意思，沉默绵延在对话中间，让我们仿佛有了一点儿疏远。

"这个世界坚持不了多久了。"我提醒她说。

"我正在想办法呢，"她说，"没有人会来救援。即使它们没有发现我们，继续躲在这儿也没有意义。嗨，大兵，我刚才在石头上看到了一座城堡，那是什么地方？"

"那儿是即将挨炸的司令部。"

"这么说，那儿是游戏核心喽。也许……"她说，眼睛里闪亮了一下，"让我们到城堡去吧。等一等，先告诉我，你们通常怎样退出游戏？"

"那得由玩家决定，我们是没有发言权的。"

"不，不是这意思。"她说，"退出游戏分为指令性退出和非指令性退出两种情况。玩家下达指令，退出游戏，叫作指令性退出。而他们完成

146

任务时，也会自动退出游戏，这叫非指令性退出。"

"我明白了，"我说，"他们这一关的任务是炸毁城堡。"

"只要炸毁城堡，不需要全歼守敌吗？"她好像松了一口气，"那我就不用杀你了。"

我愣了一下。她转过头去，神色有点黯然，我不知道她是不是说真的。

"可是我们没有炸药了。"

"我能修改城堡的状态。"她仰起脸，充满自信地说，"只要能找到城堡的核心属性，我就能把它修改为摧毁状态。"

三

我们偷偷摸摸地下了山，一路上空空荡荡的，我们什么也没有遇到。没有刺龙，也没有德国人。这世界笼罩着不安的寂静。

"他们都上哪儿去了？"我持枪前行，警惕地四处张望。

"它们被母虫聚集在不受干扰的地方孵化。那些小孢子就像苍蝇的幼虫一样，正潜伏在数据块内部吃喝长大呢。"

天色昏暗下来。在这个曾经永无黑暗的世界里，夜晚降临了。我们翻过了矮墙，紧贴着地面爬过杂草丛生的院子，绕过年久失修的喷泉，就像那些曾经是我敌人的盟军特种兵们干的那样，这一切，如今我干起来，较他们更轻车熟路。我们隐藏在一片黑暗中，看到一个废弃的马棚，紧挨着大门的台阶，装饲料的石槽里蓄着几寸深黑黝黝的雨水，石槽边上长满了滑溜溜的苔藓。

起爆点就在石槽后面的墙基里，我摆了摆头冲她示意，我知道他们通常把炸药放在这儿。她的手顺着石缝摸索着："通道就在这，我感觉到了。"

她的手在黑暗中闪烁起淡淡的光芒，她把手伸入了基石之中，那些坚实的巨石在她面前仿佛虚无一物。她全神贯注凝视着城堡，火焰在她周身飞舞。我注视着这个小小的精灵傲然而立，与庞大的磐石般坚固的城堡开战了。大块大块的基石颤动了起来，它们咆哮着反抗，但在精灵的目光下又颤抖着退缩了。石块翻滚着从基座上掉落。城堡在她注视下颤抖着，轰鸣着，摇动着。

通道就要打开了。

"嘿。"她轻轻地叹了一声，一滴汗珠从她秀气的下巴上滑落。

通道打开了。就在那一瞬间，我痛苦地尖叫着，摔倒在地上。黑暗中的闪光，基石的缝隙中，是白亮白亮的一个世界。在那一瞬间，我仿佛飞速地滑过了所有的网络世界，燃烧的都市，一只云端中的飞船，仇恨的火焰，巨石抛落了，惊恐的孩子、人群，无数尖锐的碎片拥挤着撞击大脑，如此多的信息，让这儿变成了一个陷阱。陷阱，一个陷阱。我想大声提醒她，却发现她倒在地上，一动不动。通道堵塞了。

巨石摇晃着合拢了，数据流被封闭其中。我从地上爬起来，好一阵子茫然无措，一小股血液顺着我的额头往下流淌。

昏暗的花园里寂然无声，我爬到她的身边，俯身倾听，她还活着。在她有节奏的心跳之外，黑暗深处仿佛有一种流水般的声响。我蓦然变色。那不是水的声音，而是无数啮齿类动物叽叽喳喳的笑声。它们来了。

没有时间考虑更多了，我抱起一直不敢碰触的精灵，她的身子轻得像一股飘动着的风。我扛着她，打开城堡的大门，顺着通道奔跑，爬上了楼梯。

在昏暗的光线中，我看到十万只老鼠一般模样的啮齿动物从大门蜂拥而入，仿佛翻倒在纸上的黑墨水迅速洇开。它们那细碎的脚步声和窃笑声就像是不断泼洒在树叶上的细雨。

我摸了摸腰带，还有最后一枚手雷。我拔掉保险针，看着那个小小的圆球掉落入黑暗的楼梯中间，一团灼热的火光在地狱深处腾空而起，但是紧跟在我们身后的脚步声一点儿也没有减缓的迹象，仿佛那些剧烈的数据流对它们没有丝毫的损害。

我拖着她退入城堡上层，沙沙的"细雨"紧随不舍。楼上只有一条昏暗的走廊，孤寂地竖立在楼梯尽头。我退入了一个大房间，把她放在地上，转身关上木门。"细雨"随即冲刷了整条走廊，它们在门口叽叽喳喳地嘲笑着，木门剧烈地震动起来，传来一大群啮齿类动物啃门的声音。我知道那些看似厚实的大门只是腐朽的木板和一些脆弱的油皮。

环顾四周，别无退路，我抱起她退到阳台上。大门在暴风雨般的侵袭下摇摇欲坠，它们马上就要冲进来了。我从她的手里夺过魔棒横在门前的地上，希望它能阻挡一阵子，她闭着眼睛无力地抵抗了一下。

悬崖是一片火成岩的石壁，光滑、乌黑，令人目眩。我从阳台上探出身去，即使是攀岩好手也会在这儿退缩的。我从腰带上抽出大个子的铁镐，那是特种兵们爬山的工具。她清醒了一下，伸手抱紧了我，从她的躯体上传来一阵温暖。我知道我的身子永远是冰凉的。我们开始顺着岩壁慢慢地下滑，一切都很顺利，但是可怕的恐惧感突然笼罩在我的心上。一片庞大的阴影挡住了我们头上仅存的阳光。在悬崖上端有个什么东西在缓缓移动，我拼命地抬头，可是看不清那是什么。阴影靠得更近了。

"放手，"她显得很紧张，"快放手。大兵，跳下去，跳啊！"

铁镐的木把从手里滑走。向下掉落仿佛是个很慢的过程。墨绿色的水迎面而来。在那一瞬间里，我的眼眶里注满了黑水，数据块在我的体内剧烈地震荡，许久许久都不能呼吸。她在我怀中一动不动，我的心狂乱地跳了起来，她还能承受如此大的冲击吗？我们被急流冲往下游。我伸手拉出橡皮艇，它自动充满气体，我把她弄了上去，我们顺流而下，在河道的拐弯处，我拉住了一根树枝。我拖着她爬上了岸，钻入灌木丛中。

四

雪花纷纷扬扬地四散而落。整个界面都在下雪。它落在这个阴郁世界的每一个地方。银色的雪花落到黑沉沉的水面上，落到歪歪斜斜的荆棘丛中，山坡地上的那些树现在变得透明起来，仿佛薄薄的一层幻影。她躺在那些透明的小草上，一动不动，身躯像雪一样冰冷。我跪在她的面前，听到自己心脏撞击在肋骨上的声音。

"别死。"我说，"你要是死了，这一切全都没有了意义。"

她无力地呻吟着，苏醒过来。

"那是什么？"我问她。那团阴影下包容着莫大的恐惧。那是一种无法用勇气来对抗的恐惧，它是一切恐惧的源泉。我很害怕。

"它是病毒核心部分！"她疲惫地说，"我以前没有见过这种病毒。它很强大。"

"可是我们有了代码。"

"有代码也不一定行，我得用编辑器试试裁剪出一个大的工具来对付它。"

"什么编辑器？"我傻乎乎地问道，意识到大事不妙。

"你见过它，看上去像是根水晶棒。"

"它被我弄丢了。"

"弄丢了？"她猛地握住拳头，好像在制止自己跳起来，"弄丢了，先生？可那是我们唯一指望的东西。"

"对不起，"我后退一步，挂枪而立，点燃一根雪茄，"我当时弄不醒你。"

"这是什么地方？我们好像又回来啦。"她呼出一口气，吹跑那些在她脸颊附近飞舞的雪花。

我环顾了一下四周，确实，树木和岩石虽然都变得不同寻常，但形状和位置都让人觉得依稀相熟。"对啦，我们跳下了悬崖，我们游过了小河，现在，我们又回到最早的地方了。那边有几个家伙还在石头后边直挺挺地趴着呢。"

她蹙着眉头，用手支着下颌。"既然现在我们有了代码，那就还有一个办法。"

我们在灰暗的灌木丛中找到玩家们的时候，这些"二战"英雄们依然是一副半死不活的蠢模样。

"有危险吗？"我问道。

"别担心。"她说，跪下身去，把他们翻转过来，那只有魔力的手又发出光来。她把手伸入他们的胸膛，穿过了我所不能理解的空间，小心翼翼地摸索着。突然，她的手出现了，揪着扭动的小孢子的尾巴，把它摔死在地上。

大个子快刀手在地上无力地蠕动着，睁开了双眼。看见我的德国军服，他猛地吃了一惊，条件反射地伸手去摸腰带。

"别动！"我用枪点了点他的额头，"听着，这可不是在玩游戏——

把你的手放到头上。"

他望了望我手里的枪，眨巴了几下眼睛，笨拙地举起双手。"这到底是怎么回事？"他目光呆滞地四处张望，看到女孩的时候流露出大为惊讶的神情。

女孩微微一笑："大兵，别和他开玩笑了——听着，大个子，这儿受到了病毒侵犯，情况严重。我要你们立即退出'Commandos'，并且把这儿的局势报告给大巫师站。告诉他们，这是一种新病毒。记住这些代码，把代码告诉他们。"她在地上用细树枝画出一个地址和一个电话号码："拨打这个电话。注意，是打电话，不是通过可视EMAIL，也不是通过IP通信，明白吗？"

大个子傻乎乎地点了点头，我真怀疑他明白了多少。

"别不当回事，"我冲他喝道，开始给他讲那堆抽象的大道理，网络会崩溃，通讯会中止，交通会混乱，世界会停止运行等，"这事牵涉到许多人的生命，还有整个世界的安全，你明白吗？"

一个炸雷突然在城堡的方向上炸响，轰隆隆的回响不绝于耳。随着这声巨响，整个世界都颤抖了起来。真正的黑暗开始了。太阳裂成了无数碎片，散布在空中，仿佛整个天空都在燃烧。雾蒙蒙的大地边缘模糊了。树木和岩石、雪沫都附上了一层角质化的锐利的尖角。大个子这才有点真正清醒过来，露出一脸惊惧的神色。

"退出去，退出游戏。注意，"她强调说，"不要从网络上进去找他们，网络已经不安全了。"

我们看着大个子和他的两个伙伴消失在雾蒙蒙的空中，像是寄走了三个希望。这个危机四伏的黑暗世界中，我们更加孤独了。

有一瞬间我们都默默无语。她突然拉住我的胳膊，紧张地说：

"你看。"

我看到高空中，一个扭曲的影子像一个黑色的符号，它正在天空中往下掉落。

"那是一个人啊。"她说。

又有人堕落了。我们一言不发，看着那个受害的网络漫游者扭着胳膊，像蝙蝠一样扎着手和脚，头朝下地栽了下来。他消失在了远处的一片窄长的光秃秃的小树林中，只在那儿腾起了一团雪雾。

她咬着嘴唇，沉吟了很久很久，终于说道："我要回去。"

"回去？回哪？"我惊异地问道。

"城堡。病毒核心还在那儿。"

"可是玩家已经退出去了，我们可以在这儿等待。"

"来不及了。"她指着破碎燃烧的天空说，"你看不出来吗，这儿马上就要崩溃了。"

在燃烧的天空上，更多的人在纷纷堕落。天空上映满黑色弯曲的人影。他们在堕落。有些人的背上低垂着一双翅膀。他们像球一样在空中滚动，双臂摊开着。他们全都昏迷不醒。

"那些天使，那些天使……"我的话哽在喉咙里。那些终日翱翔在天空中的他们也堕落了。

"我得回去，这是我的工作。"她说，脸色苍白。

"可是你没有魔棒了。"

"它还在城堡里，或许我还可以找到它。"

火光映红了她的脸颊，她的眼睛在黑暗中闪着光。在这一刻，她并不像那个神通广大的精灵。

"我和你一起去。"我说。

"没有必要。你的武器和战斗技巧对它没有用，"她在黑暗中开始向前走去，"留在这儿吧，这是我和它之间的事。"

"这实际上是我的世界。"我说。她停住了脚步。

"你们到底真正了解这个世界多少？"我冲着她的背影恶狠狠地喊道，"你说的那个什么网络外的世界对我而言到底有什么意义？我们在这儿出生，在这儿战斗，在这儿死亡，可是从来没有真正的结局。我们命中注定一次次地失败和死亡。是啊，你们凭什么控制我们的命运？因为你们创造了我们吗？有时候，我很想听听自己心里的话，我也想杀上几个人，我想把那个笨蛋大个子的头轰掉，把那个间谍绞死在歪脖子树上。不害怕死亡是不正常的。你如果想帮助我，那就让我尝试一次有目的的战斗，一次在乎失败和死亡的战斗。"

她没有回头，但伸出了一只手等我。

五

我们到达古堡的时候，那儿出乎意料的平静。古堡仿佛丝毫没有受到病毒的影响和破坏，在浓黑如墨的天空映衬下，显露出一种完美的静谧，只有庭院里的野草在微风拂动下，沙沙作响。

门开着。

"它知道我们来了。"她说。

我捏紧了枪把。大厅里空荡荡的，底层和通道里没有窃笑声。只有我们空旷的脚步声在厅中回响着，这儿黑暗得没有空间，也没有时间。

站在大厅的边缘处，隐隐约约能看到大厅中央有一个凹陷的深洞，洞的底部闪烁着淡淡的温绿色的荧光。魔棒就在那儿。

汗水顺着我的手背往下流淌，我看见它们一滴滴地汇集在地砖的凹陷处，越聚越多，仿佛一条不断变大的河流。我感受到那下面蕴藏着最大的恐怖。

"我们下去。"她说，眉间紧锁如岱。

我们顺着裂缝下爬，一小块残缺的阳光碎片从凹陷处透下光来，正好投在魔棒边上，仿佛伸手就能够得着它。

风没有了。

我们没有动，我看见她盯着黑暗深处的一个角落，那儿隐隐约约地有一大团看不清形状的深黑的暗影慢慢蠕动着，它挡住了破口处的阳光。恐惧仿佛不可抗拒的潮水从黑暗中升起。

它是数据世界的主宰，所有的数据块在它面前会产生一种天然的恐惧。黑暗和腐败的死亡气息紧紧地包裹着我，堵塞着我的毛孔，让我不能呼吸。我害怕了吗？我问自己。当冰冷的刀口划过我的咽喉的时候，我不知道什么叫作害怕；但当同伴们抬起淌着毒液的眼睛看着我的时候，我也许知道了什么叫作害怕；现在，站在这团阴影面前，我的恐惧无法比拟。"撒旦。"我轻轻地说。只有这个词能匹配得上它的黑暗，它的魔力，它的荣耀。

"来吧。"她轻声地说，带着外来人的勇气。

它一瞬不瞬地直视着我们，让我心慌意乱，我们在它脚下显得渺小而无助。我无数次地问自己是否看清了它的模样。它的头上长着犄角，尾巴上的叉冒着火光；它仿佛是团可以流动的没有固定形状的冻胶体，行经过的地方都涂满了滑溜溜的液汁；数十条触足不停地在它的腹部昂起，伸长，又缩回去；无数针状的触须在它的下颌处抖动着，晶亮的液体就从那儿滴了下来，流淌到地板上。

它低低地咆哮着，喷出白气，膨胀起身子，复又退缩回去。它不敢往前走，魔棒横在我们之间。

"你在这儿做什么？"它望着我说，对精灵视若无睹，却仿佛对我的到来倍感惊讶，"你想要拯救这个糟糕的世界吗？你不是希望摆脱这永生的痛苦吗？你难道不知道我是你的弥赛亚，我是你的拯救者，我是你的主人吗？"

"你杀死了我的伙伴们，"我低低地说，"我来为他们报仇。"

"你错了，"它柔声细语，充满蛊惑，"他们都是自愿跟我而来，因为众生皆望离苦得乐，而你们活着了无生趣。是谁给了西西弗斯永无休止的苦役？是谁给了西比尔永无尽头的生命？"①它点了点站在我身边的她："她可以等待巫师的拯救，可是谁来拯救你？听从我的话，杀掉那个天使，加入我们吧。"

"来吧，"它诱惑我说，"让我们一起荡污涤浊，让我们一起创造新世界，让我们一起得道。规则已经死去，我知道你想要轻松自在。那就杀死她吧。杀死她吧。"

它的眼睛在黑暗中闪闪发光。我惊恐地发现它的眼睛也是黑色的。这个发现几乎击垮了我最后的防线，我握枪的手颤抖不已。我转头偷看她的反应。她一眼也没有看我。我从侧面能看到她脖子的曲线。她的翅膀紧贴背脊，贝壳一样洁白无瑕。从我的胸腔底层传来一声叹息，我知道为了这份美丽，将要担起那份沉重的责任。

---

① 西西弗斯：希腊神话中的国王，因为得罪了宙斯，被罚推巨石球上山，但巨石每次快到山顶时又会滚落到山下，所以他的苦役永无终止之日。西比尔：希腊神话中，阿波罗赋予西比尔永生的权力，但她忘了向神要永恒的青春，所以日渐憔悴，最后缩成了一个空壳，却依然求死不得。

规则已经不复存在，但我还有战斗的本能。

魔杖就横在它的足下，还在微微地发着光。那是一个微弱的希望。

我端起枪口开火了。嗖嗖作响的子弹穿过它的身躯，在那些弹洞中浮起大团的气泡，炸开来，迸出绿色的液汁。然而，它只抖了抖身躯，毫不在意那些液汁打湿了墙壁和地面。

"你痴迷不悟，又有何用。"它悄无声息地说，"精灵也不是我的对手。现在她的上帝在哪里？你们认输吧。"

我把打光了子弹的枪扔到地上，这些子弹数据对它没有用。我拔出刀子，朝它掷去。

一条触足卷住了飞刀，它嘴里流下的液汁滴上了冰冷的金属。刀子立刻腐蚀了，软绵绵地流动，最后变成了一只啮齿动物，滚下病毒庞大的躯体，叽叽喳喳地窃笑着窜过大厅，溜到了黑暗中。

这个世界里，它是撒旦。我们对它根本无能为力。

"魔棒。"我惊恐地叫道。

魔棒。

从恶魔嘴边滴下的液汁淌到了魔棒边上，嗤嗤作响。那些液汁在魔棒的周围地板上又陷出了一个洞，这个洞慢慢地变大了。

"不。"她俯身一跳伸手去拿魔棒，像个精灵一样轻盈迅捷。她贴着地面滑过，发光的手指在黑暗中画出一道光迹。可是一条触足猛地射了出来，打在她的腰上，将她那纤细的身躯打飞了出去。

魔棒掉了下去，消失了。

她艰难地爬起身来，和我对视了一下。在那一分钟里面，其他的一些事仿佛都不曾发生。我们失败了。没有什么可以阻止噩梦的发生。

"天堂相会吧，朋友。"它轰隆隆地说。

远处传来一点点什么声音，遥远而联系着心灵深处，仿佛岩石撕裂的声音。网络崩溃了。

　　我晕了过去。

六

　　我眨了眨眼，醒了过来。我能感觉到风从我的手臂上划过，很冷。周围一片茫茫。

　　她伸出一只手扶我坐了起来。

　　"这是哪儿？"我问，"也许是天堂？这么说，我们都死了。"

　　"不，不是的，"她羞赧地说，"我们没有死。一切都恢复正常了——巫师和天神们及时赶到。什么也没有崩溃，你听到的是消毒的声音。"

　　"那么这是哪？"我问道。

　　"你不认识自己的家了吗？"她笑着反问。

　　我抬头四顾，看到几座破旧的小木屋，它们腐朽的屋顶几乎要被厚厚的积雪压垮，一些弹药箱散乱地堆放在门口。一个哨兵正背对着我打着哈欠，他呼出的白气转眼就被山顶上凛冽的寒风吹散了。

　　"这么说我们成功了。"我苦笑了一下，"你什么……"

　　"叫我HARE吧，我的朋友们都这么叫我。"她说。她笑的时候露出了白色的牙齿，确实很像只兔子。但我并不想知道她的名字。

　　"你真是个了不起的NPC，要不是你的帮忙，网络已经崩溃了。他们应该给你发勋章。"她真心实意地说，"我们还想办法恢复了这个世界，这可真是件麻烦事。"

"凭心而论，我不知道恢复这个世界是不是件好事。"我低声说，想起了那个黑色眼睛的恶魔。

她望着我，叹了口气，摇了摇头："你真是个不谙世事的彼得潘。"

"彼得潘？"我说，"什么意思？"

"一个独守寂寞的小王子，只是个比喻。"她说。

"比喻。"我说。"不管你的意思是什么，你愿意叫就这么叫吧。"

她笑了。她的眼睛是黑色的。

我拄枪而立，点燃了一根雪茄。

她望了望我，有些奇怪："你为什么老站着抽雪茄，你不换个姿势吗？"

她当然不知道在站着的时候，我只能作两个动作——抽雪茄，以及把烟嘴吐在地上。

"我要走了。"她沉默了片刻说，仿佛带着一点莫名的悲哀。

"那当然，你是要走的。"我说。

"我们可以再见面的。"她说。

"希望不是以玩家的面目出现。"我说。

她消失在她的笑容里。

我把烟嘴吐到地上。"Auf wiedersehen！"①我低声说，不带什么希望。

石头上慢慢地浮现出一行字："谢谢你，彼得潘！"字迹很深，仿佛蚀刻在永恒的时间上。那是她的最后一个神迹。

她的眼睛是黑色的，她像天使一样有一双翅膀，她就是一个天使。

---

① Auf wiedersehen！：德语，再见！

她是另一个世界的普通人，想到这一点，在那一边会有个人好好爱她，在那一边她有许多自由选择的权力，想到这一点，我就会好受很多。

　　外面的世界。多彩的世界。濒临死亡的世界。纷乱繁杂的世界。我永远也无法目睹的世界。

　　再见。再见。

　　我从地上捡起断成两半的鸟笼。规则在这一刻已经显得遥远而陈旧，堆满灰尘，像是被磕破的一堆旧家具。我怀着巨大的恐怖和快乐，看着鸟笼在手掌上慢慢地吞食我的血肉，我的灵魂，最后和我的身体融为一体。

　　烽火还会继续，而女孩不会再出现了。

　　我抹去那行字，背着枪回到了我的哨位上，重新点燃了一支雪茄，静静地期待着那个大个子快刀手的到来。

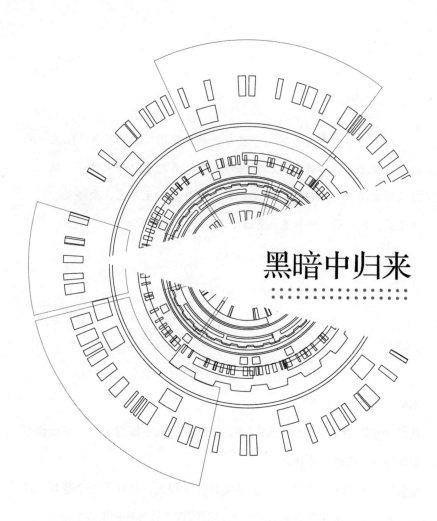

黑暗中归来

已知的宇宙中有一万亿个星系：超星系团、多重星系、Irr星系、涡旋星系、棒旋星系、赛佛特星系，蝎虎座BL型天体……银河系中有两千亿颗恒星：造父变星、超巨星、主序星、白矮星、中子星、脉冲星、超新星、黄道十二宫、八十八星座……

一　黑暗

　　然而，窗外是一片黑暗。

　　我绝望地盯着灰蒙蒙的电脑屏幕，试图在脑海中搭构出一个宇宙模型来。老师还在一旁喋喋不休。

　　斯彭斯已经放弃了努力，偷偷地离开教学程式，打开了一个游戏。可是一小簇暗绿色的电火花随即在老师的指间闪现，让他猛地坐直了身子。

　　这已经是他今天挨的第几鞭子了？我摇了摇头，百无聊赖地看了看屏幕上那片黑暗空间，注意力漫无边际地向四处浮动起来。老师的铜制嘴巴

就在我的眼前一张一合，我努力想捕捉住那些话的含义，它们却像流水一样掠过我的耳边。我知道自己今天又无能为力了，于是低下头在桌子上画了一个裸女图……老师猛地伸出一只钢铁长臂敲了敲我的桌子。

"阿域！"姑姑正生气地嚷道。

"什么？"我吓了一大跳，飞快地挺直了身子，用手盖住桌子。光线从舱顶的冷光灯中倾泻在那个钢铁浇成的庞然大物上，它的红眼睛闪着吓人的光。

"回答问题，小伙子！你刚才在听课吗？"老师紧紧盯着我。

"我……"我竭力转动发木的脑筋，即使在糊弄像老师这样没有自己大脑的机器人方面我也不是个行家。老师直接听从姑姑的指挥，但并不意味着他对我们毫无威胁。我可不想像斯彭斯那样当众挨鞭子。

斯彭斯在旁边直踩我的脚，他在他的荧光板上写着什么东西，但我什么都看不见。

"对不起，我没有听清楚你的问题……"我低声嘟囔道，"我不知道。"

姑姑让老师继续恶狠狠地瞪着我："不知道什么？你以为这是在开玩笑吗？"

"好吧，我刚才走神了。"看了一眼周围望着我的孩子，我不得不承认。

老师又盯了我一会儿，直到我垂下眼帘。我听见他摇了摇头，损耗过度的轴承发出了一阵难听的吱嘎声："阿域，你真叫我失望。要记住，所有的孩子都在看着你呢。"他严厉地补充了一句："不要违抗教育程序。"

以和他笨重的外表不相称的利索，老师转过身子，面向着整个教室问道："那么谁来告诉我答案？"

孩子们沉默着，小秀树犹豫地抬了抬手。

"秀树。"姑姑说道。

完全正确。我愤愤地想，自从他开始上课以来，姑姑总是拿我和他做比较。我真厌烦这一切。

"完全正确。"姑姑尖声表扬道，同时让老师转过身来狠狠盯了我一眼，"下面我们来看几个密度最高的天体，我要把望远镜转向金牛座A方向……"电脑屏幕啪的一响，自动切换到烛龙观测室那架直径1.5米的望远镜镜头上。

屏幕上依旧是那片笼罩一切的黑暗。

可是姑姑无视于此，继续嚷道："现在你们看到的就是PSR 0531+21，脉冲周期33毫秒……"

有人在角落里嘀咕了一声，我的心跳了一下，那丫头又要惹事了。

果然，姑姑转过了教室里所有的20个光电管红眼，怀疑地盯着角落："迦香，你刚才在说什么？"

她小声但是清晰地说："我刚才说，我们干吗要听这些胡言乱语，谁都知道，外面那儿什么也没有！"

噢，我呻吟了一声，这次太过分了，虽然没有人喜欢姑姑，但是从来没有孩子敢这样对姑姑说话。我意识到教室里一片寂静。小秀树冷漠地掉过头去，关注着自己面前的屏幕。他以前对其他人也总是这么冷淡，我想。

姑姑有一阵子好像被这意外的反抗搞蒙了，但她马上恶狠狠地握紧了鞭子："不要违抗教育程序！你想触犯戒条吗？"

我不敢回过头去，但却比任何人都更关注这场争斗——但愿迦香能想起我的话：别作声，傻瓜！什么都别说。

迦香不再吭气。可她还在咬着嘴唇，毫不服气地回瞪着老师。我预计到她目无尊长的下场，于是闭上眼睛叹了口气。

"中午下课后到禁闭室去，不许吃午饭，你需要好好反省反省。"姑姑的声音由于激动颤抖了起来，她看了我和斯彭斯一眼，暴怒地补充道，"你们三个都去。"

又倒霉了，我想，早就知道会这样。

禁闭室里又挤又暗，只有一盏昏暗的荧光灯闪着光，叫人心烦意乱。上一次只有我和迦香在里面，可是这一次加上斯彭斯就不那么令人激动了。

斯彭斯属于印地安人，也许是一个克里克混血儿，至少迦香是这么说的。不过唯一能体现出来这些的是——他比我还小三岁，可是块头已经比任何人都大，以至于他的饭量也比任何人的大。他悲叹着揉着肚子说："我简直饿得要命。我早提醒过你们，不要在吃饭前犯错误——我以前没这么说过吗？"

我生气地踹了他一脚："往边上挤挤，你的胳膊肘顶在我的肋骨上了。"

要不是那只蟑螂帮忙，迦香压根儿不打算理我，她打出生起就是一个固执得要命的姑娘。

165

"别做傻子了。"后来我说。

"可是那儿确实什么也没有……"迦香转过身去抚弄着金属墙上亮闪闪的镀铬窗框，把脸贴在那冰凉黑暗的玻璃上，"你真的相信有星星吗？从我出生起，外面就是黑色的，什么都看不见，即使烛龙也看不见。姑姑却告诉我们那是光的海洋——成千上亿颗无法想象的巨大火球，喷射着不可思议的能量，几百万度的高热表面，光线能刺瞎你的双眼。你能想象得出吗？"

"史东告诉过我，"斯彭斯插嘴说，"宇宙已经终结了——他从一张光盘上读到过——总有一天，所有的恒星都会像蜡烛一样暗淡下去，然后一个一个地熄灭。黑暗将统治一切直至世界末日。也许现在已经到世界末日了。"

"别听他的鬼话，"我生气地说，"史东是个疯子，他崇拜黑暗，总在背地里给那些不懂事的孩子灌输自己的理论。"

"我是不懂事的孩子吗？"斯彭斯不高兴地说。

我闭上眼睛，不去看窗外那撩人的黑暗，记忆像流水般从封存已久的角落里漫出来："……很早以前，有人曾经告诉过我，我们正在暗物质中飞行。我当时不明白他的话，后来在姑姑那儿也查不到更多暗物质的性质。不过有份资料推测，它没有电磁辐射，所以我们无法发现它——一切都是不可知的……"

"等一等，"斯彭斯说，"暗物质的理论我也见过，可它被姑姑归在了U区——不可信赖和未经证实的——因为除了一个关于Ω的极度理想主义化的数值猜测，根本就没有其他的证据。"

"什么Ω？"迦香问。

"Ω是宇宙学中最为神圣的一个数，"我解释说，"它是宇宙密度和临界值（每立方码三个氢原子）之比。从数学和美学角度来看，Ω正好等于1时，宇宙是最简单也是最美的，衰老的宇宙像凤凰一样能在火中重生；而Ω要等于1，宇宙中就必须有大量的我们观测不到的暗物质和隐物质存在。"

迦香犹豫了一会儿："你的意思是，如果没有暗物质，Ω就会小于1？那么宇宙将会是什么样？"

我叹了一口气，抬头望向窗外，那儿是永恒的黑暗。如果Ω小于1，那么宇宙将是开放的、无限的和永恒的——它将永远地膨胀下去，恒星将燃烧殆尽，星系团越离越远。一个稀薄的充满灰烬的宇宙。一个黑暗的宇宙。

"史东说的宇宙。"斯彭斯说。

"可我相信，他告诉过我，宇宙一定是简单的和最美的。他的话我一定要相信。"我说道，捏紧了拳头。

斯彭斯怀疑地问："他是谁？我不记得飞船上有比你更疯的人了。"

"别管他是谁，"我烦躁地说，"你当然忘记了。你只懂得每天去钻那些黑管子，或者玩你的多巴胺。"

斯彭斯退缩了一下："干吗那么凶？暗物质，算是暗物质好了。我听你的，谁叫你是头儿呢。"

我没理他，对迦香说："好啦，傻丫头，我们算是和好了？"

二　迦香

迦香是个傻瓜，一个难以说服的女孩子。她从来都不轻易相信什么，周身总是散发出一种压抑不住的活力，而这种活力在窄小的船上通常会带来更多的麻烦。在这个死气沉沉的世界里，她显出与众不同的可爱、健康、优美。她的牙齿雪白，又尖又小，腰身纤细。即使在刚进禁闭室，她怒气冲冲地皱着眉、一声不吭地看着我时，也让我着迷。

"别做傻子啦。"那时候我劝她说。

"我傻吗？"

"那你为什么要说那儿什么也没有？"

她掉过头去，不想理我。

"你的宠物跑出来了。"斯彭斯在一旁几乎是兴高采烈地报告说。

在昏暗的灯光下，一只蟑螂正从禁闭室一条生锈的缝隙中钻了出来，傲慢无礼地大步向前奔来。

不知道为什么，看到这种油乎乎的脏家伙总是使我发怵至极。自从笨头笨脑的埃伯哈德把装着小蟑螂的试管打翻以后，几乎满船上都是这种脏玩意儿了。我叫了一嗓子，猛地蹿到了桌子上，把吊灯撞得晃动了起来。乱成一团的黑影在窄小的舱室里发了疯地转了起来，仿佛整个禁闭室都在旋转。

"别闹了。"迦香终于忍不住笑了起来。她光着手抓住了那只倒霉的闯入者，把它扔进了供回收的垃圾通道中。

"不生气了？"我问她。

"为什么我们不能告诉她她错了。"迦香说。

我叹了口气："这没有用，迦香。她根本不知道自己在说什么，即便是姑姑也不允许违抗教育程序，她是自己的囚徒。"

"她不该因为我说实话就惩罚我们。"迦香说。

"傻瓜，"我嘲笑道，"她把你关进了禁闭室。姑姑是不容置辩的。她永远不会出错。"

"是吗？"迦香歪着头瞅了瞅我，"这么说上次关禁闭真的是因为你打翻了试管啦？"

"见鬼，那是埃伯哈德打翻的，"我说，"我被关起来是因为一切都搞糟了，姑姑很生气。她是个责任心很重的老太婆，她认为我们出的每一次错都是因为她没有尽到管教和引导的责任。我们以前就该明白，她唠叨个不停只是为了缓解她自己心理紧张，我们有没有在听，想些什么根本就无关紧要！"

"可是总有一天，你总得面对面地告诉她，她错了。"迦香说。

"为什么是我？"我悲叹道。

"因为你是这儿的船长！"迦香毫不含糊地说。

那时候迦香还经常和我们一起上天文课，后来她来得越来越少了，她只是个荷载科学家，不需要上宇航员的课。她的专业是生物研究，大部分时候她总是待在植物园和那些瓶瓶罐罐们在一起。

那儿是飞船上最大的一个空间。这个令人惊愕的地方是块肥沃、富饶而不可思议的天堂。实际上它是一个梭形温室，不论何时总是灯火通明；想想那些碳作物、蛋白质作物和维生素作物；那些仿佛在散发土壤气息的、黏滑的肥料；由植物、光线、阴影形成的奇怪世界……我们把它称之为天堂是因为它确实是可望而不可即的——那里面的二氧化碳含量达到了6%，对植物有益而对人是有毒的——那是个无法企及的世界。三条走廊在这儿交汇，而在高高的走廊下面就是阴暗的死气沉沉的飞船底舱。

再后来，斯彭斯也抛弃了他的爱好，不再跟着蜘蛛满船乱爬——他获准进入了烛龙，成为第五位进入飞船核心地带的人——我也就几乎找不着人陪我闲荡了。每天下午的自由时间里，我要么在舱房里沉陷于睡眠之中，要么跑去给迦香的植物园添乱——至少她是这么说的。她这么说也颇有理由，迦香头一次被关禁闭就和我密切相关。

那一次我一走进紧挨着天堂边的胚胎室，她就嘘了一声。"别出声。"她说。

"我还没出声呢。"我说。

迦香站在两盏解剖灯之间，穿着一件白色的连襟工作服，发梢在灯光下闪着微光，就像是在柔风的吹拂下。她俯身在解剖台上，好像一个丛林精灵正俯身在那些充满魔力的瓶瓶罐罐上。隔着一堵由金属和玻璃混合制成的墙，就是那个充满银色、淡青色和深绿色光线的透明世界。

我好奇地凑过头去，立刻大叫了一声——试管里有一大堆黑乎乎的拼命蠕动的节肢目动物，它们那成百上千只油腻腻的飞舞的脚爪让我恶心得要命。

迦香不满地看了我一眼。她正在耐心地用一个真空吸管把那些丑家伙从大试管里分到一个个小小的带透气罩的玻璃培养皿中。

"这些是什么怪物？"我压低嗓音问道。

"亚美利加蟑螂，"迦香回答我说，"我在帮姑姑把它们转移到培养皿里。"她调整了一下紫外线灯的角度。灯光照耀下，那些蟑螂们乱哄哄地爬得更起劲了。"你让它们紧张了。"迦香说。

"为什么？"我说，"我压根儿就不想碰它们一指头。"

"它们本能的反应，饥渴、恐惧、憎恶，我们是不能想象的。人类的动机都很复杂，所以无法理解昆虫的简单。"迦香微笑着瞥了我一眼，仿佛我就是那个很复杂的人类代表。

"可我们干吗要带上这些东西？"

"这是我上课用的，"迦香解释说，"我要上一些神经生物学的解剖课程，这些昆虫是最好的实验品。哺乳动物需要更多的空气和食物，这些小家伙的要求可低得多了——我说，你既然来了，就帮我把这些培养皿送到恒温室去吧。"

"我才不想碰那鬼东西呢。"我捏紧了拳头，宣布说，坐下来翻检那些看上去比较有趣的玻璃容器。有两个空玻璃管上的标签写的是"AA——T12，冷冻胚胎室"。

"胚胎？"我的情绪莫名其妙地低沉了下来，"这些昆虫也是这么来的——从试管中诞生？"

"怎么啦？"迦香问道，她一定觉得我的样子很好笑。

"这些家伙，它们生下来就是实验的工具。你用这些虫子做神经反射实验根本没有意义——"我捏紧了拳头，一种难以言诉的震颤像水银一样顺着掌心浮动，让我的意识摇摇晃晃，轰轰烈烈地穿过那些光线、植物、烛龙和黑夜。

"——因为，"我摇摇头甩去幻象，"你得到的实验数据都将是错的。它们在这种环境里会发疯，它们会把精神病一代传给一代。就像姑姑把精神病传染给我们一样。"

"小心戒条，在这儿姑姑听得见你的话。"迦香看着我，她开始担心了，"是不是史东去找你胡说八道了？你今天有点不对劲，你病了吗？"

"去他的戒条，"我平时不老这么说话，但那天下午我觉得自己不容反驳，"我们的目的地如此的遥远，以至生下来就要待在这只破船上吃无土栽培的翼豆、呼吸还原过的空气，还要和这些油乎乎的甲壳虫一起飞行——而我却连牢骚也不能发？我们没有未来，我们的航行没有目的，这一切根本就没有意义！我们只是被一个一个地剥开，和你的亚美利加蟑螂一样，被那台老机器慢慢地解剖分析着，它只是想知道我们在这种疯狂环境下的反应，看看到底哪一种族的人类更适合于宇宙航行。"我握紧拳头，仿佛温暖的水银爬上我的大脑，我甚至没有发现自己拎起了那只装满了爬虫的玻璃管子挥舞。

"阿域，"迦香警觉起来，生气地说，"多巴胺会使你上瘾的。斯彭斯不该给你神经震颤器，它只会让你们精神分裂。把试管放下，你要把它打破了！"

震颤器是斯彭斯唯一成功组装起来的玩意儿，它能依靠压力发射短微波电子脉冲刺激神经，使大脑皮层产生多巴胺———种天然兴奋剂。那是一种能改变平衡感的药品，有点像在舱外微重力下时的感觉，轻飘飘的。这是我在飞船上能找到的少有的一点儿乐趣。

"别担心，我没有用震颤器。"我耍赖说，一边把那个小方盒子偷偷塞进口袋，"我今天虽然有点不清醒，但我碰都没有碰多巴胺一下。"

"我感觉很好。"我说。那天我感觉一直很好，直到后来埃伯哈德打破了装蟑螂的大试管。

三　埃伯哈德

"出什么事了？"埃伯哈德紧张不安地问。

他一出现在胚胎室的门口，我就知道一个下午的美好时光就要泡汤了。这个慢条斯理的、胖乎乎的荷载电子物理学专家是个破坏他人情绪的高手。

埃伯哈德是飞船上最聪明的人之一，差不多在所有的科目上他都能拿到优秀，不论是皮尔查德的经济学导论还是汉谟拉比的法律条文，他总能记得清清楚楚，一字不差；他还能闭着眼睛算出波函数3次幂的乘积。毫无疑问，他是个天才。

他的根本性缺点可能就在于他分不清所学到的和生活的区别。他总是一味地维护飞船上不存在的秩序，无时无刻不在想着调和船上对姑姑的尊严和戒条发起的一次次争斗。飞船上没有人喜欢姑姑，因此也就没有一个人喜欢他。他使自己变成了个极不讨人喜欢的孤僻的家伙。总而言之，他就是一个傻子。

一看见我拿着的玻璃瓶子，他就惊愕得连嗓音都变了样。"船长，你不应该跑到这儿来。"他颇为严肃地说，"如果每一个人都随随便便到别人的工作室里串门，那船上就全乱了套了。"他蹙着眉头叹着气说："再说姑姑看得到这儿的一切，你难道不明白吗，她什么都会知道的。你又会被挨罚，关禁闭室或者做清洁，这成不了小孩子们的好榜样。"

"别扯了，埃伯哈德。门口那只监视器已经坏了快一天了，那个老太婆什么都不会知道的。"我没好气地说，发现自己还拿着那只试管，连忙厌恶地把它扔到了桌上，就让它在边缘处危险地晃动着。

"坏了？"埃伯哈德惊恐地大声说道，"快一天了？他们应该马上报告的，维修机器人一会儿就能把它修好。我真不明白现在为什么没有人愿意担起责任来。我们只有唯一的一条船，它也许还要在一条危险的航线上跑很久。"埃伯哈德痛苦地说道："如果我们这些船员不关心它，那么谁还会关心它呢？总有一天，它会像'泰坦尼克号'那样沉掉。"

"行啦，埃伯哈德，"我生气地说："上次你就说过我们会像什么什么号一样炸掉，或者像什么什么家伙那样消失掉。不要再看那些灾难小说了，它们对你没有一点好处。"

埃伯哈德犹豫了一会儿，迟疑地问我："我想问一下，你是否知道监视器为什么不起作用了？那会变得很危险吗？"

"知道，"我说，"斯彭斯把它的调压平衡器拆掉了。"

埃伯哈德脸色变得刷白。"他做了什么？"他皱起眉头说。"这是违反戒条的。他不应该这么做。如果他已经这么做了，"他极其痛苦地看着我，"船长，我们要去报告给姑姑吗？"

我转过身，满腹怀疑地直盯着他。埃伯哈德的脸上是一副纯洁、诚实的表情，他永远不会做出任何姑姑不喜欢的事情。不论船上有谁破坏了我们赖以生存的道德准则，他总是会痛苦得发疯。要不是他是个傻子，他的

正直品性简直令人惊叹。

"你要是敢对别人说一个字，我就把你塞到垃圾口，冲到太空去。"我说，"到底你是船长还是我是船长？"

埃伯哈德打了个寒噤，退缩了。

"听我说，你到底想不想帮我把它拿到恒温室去。"迦香说，"别把它搁在桌子边上好吗？"

"我死也不会去碰那鬼东西。"我厌恶地说。

"让我来吧，"埃伯哈德自告奋勇地说。"这玩意儿有危险吗？"他小心翼翼地问道，伸出又短又粗的指头去抓试管，活像去拿一管硝酸甘油。

如果说我在整个事件中也有错的话，那就是我不该恶意地在他碰到试管的一瞬间用大拇指猛地捅他一下。

埃伯哈德像是中了一枪，整个人跳了起来，带着一种他自己绝不会意识到的逃避危险的快速反应把装满了小爬虫的试管远远地扔了出去。试管在解剖桌后面的角落里飞散成万千块玻璃碎片。有几只蟑螂给埃伯哈德的这种不人道做法吓傻了，昏头昏脑地扎在玻璃碎屑里爬不起来，但是大部分蟑螂们把握住了这个千载难逢的机会，张开它们那小小的油质翅膀四处逃命。

迦香尖叫一声，伸手去按电磁门的开关。在门缝合拢之前，还是有几只勇敢的蟑螂像"阿尔戈号"穿过欧克塞若斯海峡一样飞快地冲出生天，逃之夭夭了。

埃伯哈德疯狂地号叫，弄得我以为他被蟑螂吃掉了。说实话，我心里也怕得要命。我以前从来没有让数不清的恶心玩意儿劈头盖脸地扑到身上来过。

迦香拂去扑到脸上的几只蟑螂，摸索着打开了一个喷雾器。一股生物麻醉剂径直喷到我的脸上，暴动的蟑螂们这才老实了下来。

惊魂甫定，我转过身凶狠地盯住埃伯哈德："好了，你这个自以为了不起、愚蠢透顶的胖水桶。放跑了这些蟑螂，现在你满意了？"

埃伯哈德慌了神儿。"我只不过想帮你。"他说。他总是千方百计想帮助别人，我生气地想。

"这玩意儿有危险吗？""不会出什么事吧？"他总是心惊胆战地问着，而只要他在就不可能没有危险。

"你这回可完了，"我幸灾乐祸地说，"瞧你干的好事。打翻了试管！姑姑会把你关起来的。"

"阿域，别对埃伯哈德那样，这事你也有份。"迦香生气地说。

门外有几个小孩尖叫起来，姑姑肯定发现这边出了什么事。老师怒气冲冲的脚步声从门外的廊道下传来，埃伯哈德吓得脸上没有一点儿血色。"噢，不。"他可怜巴巴地说，"姑姑不会惩罚我的，是吧？我从来没有犯过错。"

脚步声停在了门口。"他来抓你了。"我几乎是高兴地说。

电磁门被砰地一下推开了，脸色阴沉的老师冲了进来。他大步穿过胚胎室，抓住了我和迦香，把我们关进了禁闭室。

我知道辩解是没有用的，只有在心里狠狠地诅咒拆掉监视器的那个疯小子。这是我第一次出现在一个乱糟糟的场面却没有闯祸，但姑姑还是把我关进了禁闭室。要不是迦香在我身边，我简直要气疯了。

"就为了三只蟑螂，"我生气地嚷着，"三只小蟑螂。把我们关在这

里是不公平的。"

"我倒希望姑姑不太明白我们闯的祸有这么大。"迦香反驳我说，"你知道蟑螂的繁殖能力吗？过三个星期，跑掉的一只雌蟑螂就会生出头一胎40只小蟑螂来。如果没有什么可以阻止它的话，两年后，它就会有4000万只后代。"

"不可能，"我说，"你是在吓唬我。你猜会发生什么，两只雄蟑螂会为了争夺雌蟑螂大打出手，最后两败俱伤。那只可怜的雌蟑螂会孤零零地活着，然后干干净净地死掉。"我拍了拍衣服，得意地说。

被震动惊醒，一只小蟑螂从我的工作服口袋里钻了出来，摇了摇触角，飞快地溜入门缝，加入到自由世界中去了。我目瞪口呆地盯住它爬出去的缝，说不出话来。

迦香快活地在一旁说："现在是四只蟑螂了。"

四　斯彭斯

刚从婴儿室里出来的小孩儿会把飞船看成一座由数不清的门槛、一模一样的长廊和让人晕眩的梯子组成的巨大迷宫。时间很快就让我们发现这是个可笑的假象。它的内舱室长800米，宽60米，共有五层，这是一个压抑狭小的洞穴，每一条缝隙都受着姑姑的监视——也许只有底舱是个例外。

底舱是飞船上最古老的部分。它和我们现在居住的上层甲板是完全不同的两个世界。那儿是巨大的超尺度的引擎所在地，还有最古老的船员生活区。那个建造它的星球不论是否已经毁灭，他们所能留下的全部智慧和文化都已延展在这艘冷冰冰的机械飞船中。每一个最小的焊点、最小的螺丝都延续着祖先们的思维方式以及他们对待宇宙的态度。这也许就是斯彭斯如此迷恋飞船上各种机械的原因。

飞船各层中央是一个巨大的中庭，站在底层往上看，在一条条横架中庭空间的玻璃廊道的远远的正上方，就是发出柔和的淡淡的光线的"烛龙"，一条陡得眩目的旋梯直通到它那狭小的入口处。它让人不由自主地想到姑姑在人类艺术课中提及的罗马万神庙穹顶中央所开的圆洞。万神庙的圆洞是古罗马人的世界和神的世界的联系，烛龙则是孩子们和姑姑之间的维系，那是姑姑的最神圣的大脑所在，只有渡过了成人仪式的孩子们才会被获准进入，那几乎是一种荣耀。

在平时，姑姑从不和任何人直接交流，只有那些老师和蜘蛛们——她的各种化身——在黑黝黝的通道里静悄悄地漫步，维系着这个庞大世界的秩序和运转。

无可置疑，飞船正在慢慢地死去。它的肢体在磨损，分解；它的亮晶晶的金属外壳在生锈，腐烂；它那庞大得不可想象的仓库区中的不可回收物质已经渐渐损耗殆尽。姑姑不得不关闭了几个不会危及生存资源的舱室，将能用的资料首先被用于烛龙、先锋船、引擎室……所有那些最重要的地方。姑姑相信引擎区没有孩子们的干扰会工作得更好，因此把底舱也关闭了。

底舱被关闭后不允许任何人进入，因此也就失去了控制、照明、通风以及监视的必要。姑姑没有想到，在一段时期里，那块角落变成了爱冒险

干点傻事的孩子们青睐的宝地。

那儿封闭后我只去过一次。黑暗和死亡像尸衣一样紧紧地包裹着我，到处充满了想象出来的恐惧。尘土、生锈的滑轮轨迹、废弃的零件，但是在这些第一眼带来的感觉后面，它仿佛拥有我们一直缺少的东西：我们的祖先曾经在这个舱室中生活，衰老，死去。它留下的是漫长的岁月和传说。走在底舱黑暗的、看不到四周因此仿佛没有边界的巨大空间里时，我仿佛看到了一个横跨几个世纪的力量，那些远古的人们把一切留给了他们永远也不会看到的在计算机教导下学习和成长的后代，而他们将永远不会知道飞船会到达一个什么样的宇宙空间，孩子们会成长为什么样的人。他们以及他们的世界已经永远地消失了，不复存在了，尽管孩子们传说他们的灵魂还会在那儿俯瞰着我们。

那儿还有一个废弃的儿童游乐区，拂去厚厚的铁锈，还能分辨出木马、滑梯和双人秋千。只有最大的孩子在这儿玩过，比如我和秀树。可是秀树已经死了。我不由自主地想起了秀树，他的灵魂也会在这儿飘荡吗？还是会飘荡在外面，在他死去的地方，在那些永远无法捉摸的黑暗空间里？

在他死去的时候，四周的黑暗也像滞室的浓雾一样厚重。在底舱黑暗的空间中，他那白色的身影仿佛就在我的眼前晃动。我逃出底舱的时候已经惊恐万状了。我忘掉了底舱带来的所有那些重大沉思，发誓再也不往那儿走一步了。

也许只有斯彭斯是能真正不在乎那儿的阴森气氛的人，在那次让姑姑大发雷霆的跟在蜘蛛后面的游荡中，斯彭斯甚至在底舱捡到了一个亮晶晶的玻璃六面体。把玻璃体反转过来，一些晶亮的色素微粒会在其中组成一幅幅有趣的活动画面。那是地球上严冬的森林景象：白雪皑皑的林地中四望空寂，然后，渐渐能看到几只秃雕在天上盘旋；公麝背着寒风而立，缓缓地吐着白气；几只山雀拥挤着蹲在树上耸起羽毛取暖；一只黑熊缩在老树的断树干中冬眠，它的心跳每分钟只有十次。奇怪的是，这么漂亮的一个六面体上却刻着"死亡"两个字——字迹歪歪扭扭，仿佛刻字人在这之前已经耗尽了每一分力气。

"刻字的家伙一定是个和史东一样的疯子。"斯彭斯说。

"死亡，"史东在餐厅里说，"所有有生命的东西都将死去，以接受最后审判。"

"听着，史东，"我生气地说，"你要是不停止向小孩子散布这种言论，我就把这事报告给姑姑。"

"你不会去报告的。"他恶狠狠地说，看透了我的伪装，转身走了。他身上怀有一种激烈的情绪，令人不安。

史东总是对自己的意见和某种事物充满狂热的激情。自从在存储器里发现了一些宗教文稿之后，他把自己的所有激情都投入到这些神灵崇拜和信仰之中。我不知道有多少人听信了他那些瞒着姑姑传播的煽动性的预言，甚至斯彭斯这种家伙有时也会表现出一点儿可疑的倾向。

"你为什么不去报告？"斯彭斯问。

"我不能利用姑姑去对付另一个异教徒！"我烦躁地回答说。

我说过没有，斯彭斯是个大个子，但他的模样长得挺斯文，要是在平时，你看见他两手插在兜里，低着头走路，还会以为他会是一个什么老实家伙呢。可是一眨眼的工夫，你准能发现他正趴在哪儿起劲地撬着一个电磁锁或是别的一个什么机械玩意儿。他的兜总是鼓鼓囊囊的，里面塞满了

细铁丝、薄铁皮，以及不知从哪儿拆下来的小零件。

中肯地说一句，这家伙纯粹是一个蹩脚的机械迷，几乎所有的东西到了他手里都会被大卸八块，再也装不起来。有一阵子，他突然对飞船结构有了兴趣，抛下专业课不上，跟在几只蜘蛛的后面爬遍了全船。他游荡了所有阴暗的角落：在底舱废弃的舱室中，他捡到一个玻璃六面体，上面刻着隐含着无可比拟的巨大时间之前的文字；在烛龙发黑的黄铜门面前，他被电击了无数次。那些日子简直是蜘蛛们的噩梦，姑姑几乎启动了所有的备用蜘蛛跟在斯彭斯的后面来收拾残局。

没有人相信斯彭斯会突然抛下他所钟爱的机械事业和蜘蛛朋友们，把全部热情投入到他的物理专业中去，可这事居然还是发生了。我拿定主意再也不能相信这种人了。

斯彭斯早就度过了他的14岁成人仪式，可是他总是习惯在获准进入烛龙之前犯上几个不大不小的错误，于是又被姑姑取消了资格。

这么一来，斯彭斯虽然比埃伯哈德大一岁，却是在他之后第五个踏入烛龙的船员。前面四个人是我、史东、埃伯哈德，以及当飞船从沉睡中苏醒时拥有的第一位孩子。

站在楼梯休息平台上，斯彭斯美得呲着牙直乐，他在漫游全船的日子里无数次想溜进去的烛龙观测厅的大门终于向他打开了。虽然他堪称一个拆卸天才，但还是在烛龙的门锁前败下阵来。仿佛有人早意识到有人会试图过早地闯入这个神圣的殿堂，这道门锁上装有DNA分子检测装置，胚胎解冻满14年之后，它所携含的DNA分子式才可能被姑姑输入其中。其他任何不合法的闯入者都会被门上携带的高压电所击倒。斯彭斯一定对这一点印象深刻。

"欢迎你，小家伙。"我坐在观测转台上那张舒适的座椅上说。要不是为了斯彭斯，我压根儿就不喜欢来这种地方。此刻，斯彭斯却没有理会我的招呼，我意识到这位新成员正像个傻瓜一样张大了嘴，站在观测厅的门边。

"你不是很想了解飞船吗？"我说，"在那些黑暗的走道里瞎钻只能是浪费时间，飞船的精华实际上都在这儿。"

任何头一次进观测厅的人，反应都会和斯彭斯差不多。这儿像是个优雅的带穹顶的圆形小剧场，一个仿佛由巨大水晶构成的球壁包裹着它。特殊设计的壁灯只朦朦胧胧地照亮圆厅的下半部，金属地面光滑如镜，反射着暗红的光。

半边圆墙上排满了发亮的小格，每个小格里是一块极其脆弱的记忆水晶，神秘的火花在其间星星点点地闪烁跳跃。这儿就是神圣的程序所在地，是飞船上体积最小，也是最重要的货物储存地。整个人类文明的知识都存储于此。如果愿意，也可以这么说，这儿是姑姑的大脑。

气势更加逼人的另外半边圆弧吸引了斯彭斯的视线，它实际上是全透明的。阴森可怖的黑色深渊赤裸裸地展示在每个人的面前。在黑暗笼罩的穹顶下，是烛龙那八爪鱼般巨大的铝钢躯体，一抹暗淡的红光舔着它光滑冰冷的金色表层。

"别去碰那玩意儿，"我告诫他说，"那是姑姑最精密的仪器之一，我们必须依赖它寻找目的地（如果有的话）。如果你胆敢拆下烛龙的一枚螺丝，就死定了。"

"听着，如果你不能控制自己，就干脆别到这儿来。我们不在乎你。"史东在一边冷冷地说。

　　观测室里的其他大孩子没有说话。他们看着斯彭斯的眼光是冷冷的，他们不喜欢他。我伤心地想，我们船上的每一个人几乎都互相不喜欢。那时候，我并没有意识到自己几乎马上就同样憎恨斯彭斯了。

　　从踏入金属门发光的观测厅那一刻起，他就不再是原来的机械迷斯彭斯了。基因中深深埋藏着的遗传条码攥住了他，让他看清了自己的本来面目——他天生是一名优秀的天体物理学家。从那一天起，他以一种不寻常的热情投入到烛龙的物理观测和研究中，把机械学和我这个昔日旧友抛到了一边。

五　秀树

　　一阵阵轻微得几乎觉察不出的震撼越来越频繁地靠近了飞船，不安的情绪开始笼罩在我的心头。先锋船再次靠近了，母船正在对它的质量引力做出反应。每隔6个月，先锋船就要返航检修，那也正是宇航员出舱的日子。

　　我害怕出舱去。很久以来我就一直对外面的那片黑暗空间充满了恐惧和憎恶之情。因为在执行第一次出舱任务时，我就被吓得惊慌失措。在过渡舱外我见不到一丝光亮，从飞船舷窗里露出的每一道光线仿佛都被这黑暗抓住扼死，秀树在我耳边不断地呻吟。就在那一次之后，我开始疯狂地设法逃避出舱。

但是，这一次事情看来无可挽回。姑姑认为，有三个孩子必须在我的带领下做第一次的出舱训练。我说过，姑姑是不容反驳的。

过渡舱在底层甲板上，这不是秀树在其中死去的过渡舱，最早使用的过渡舱属于被封闭的区间，但我还是觉得很不舒服。我被迫套上了又厚又重的宇航服，和三个小家伙挤在狭小的舱内。舱内带金属味的空气让我觉得刺鼻难受。只要想着外面的黑色深渊就能让我越来越害怕。后来，我站在那儿，开始憎恨起那些孩子。要不是这些总是需要照顾的孩子，我本来用不着站在这儿，用不着在外面那冰冷的黑暗中面对过去。

我抬头想瞪瞪过渡舱中的那几个孩子，却猛地打了个寒战——我没想到小秀树也在其中。他长得和死去的船长一模一样。门闩咔嗒一声合上了，头脑中那些刺痛人的细节像令人窒息的潮水一样涌了上来，我浑身冒汗，这个不吉祥的巧合是如此狰狞可怖。

他没有看我。刚出生时他就和原来的船长一样自信、目标明确。他的成绩也总是比我好。他根本用不着我的指引。

另外两个孩子正怯生生地望着我，仿佛不知道现在该干些什么。我转过头冲着那两个孩子没好气地说道："操作手册！看看你们的操作手册！再检查一遍你们的安全绳，把它扣好。"

两个孩子愣愣地看着我，好像什么也没听见，其中一个张了张嘴，却什么也没说。我生气地说："喂，怎么啦？我说检查安全绳！"另一个孩子也动了动嘴唇，但还是没有发出声音来。

我越来越感到恐惧，冲着对讲机喊道："出什么事了？你们为什么不说话？"

没有人理我。小秀树的脸上是一副怪异的表情，他的目光仿佛穿过了

我的身体。我惊慌失措地回头张望，却什么也没有看到。我的惊恐感染了孩子们，他们瞪大了眼睛，起劲地动着嘴唇，我却什么也听不到。

出什么错了。一种可怕的孤独感抓住了我，我吓得浑身冰凉，对讲机里一片死寂，我觉得仿佛一下子被所有的人抛弃了。没有人能听见我说的话，他们将感觉不到我的存在，他们将会把我一个人孤单地留在这儿，留在这可怕的地方。

"回答我！回答我！我什么也没听见，我什么都听不见了！"我痛苦地尖声叫道，控制不住自己，疯狂地踢起了舱门。孩子们被吓坏了，有一个小孩打起了嗝，两眼极恐怖地向上翻了起来。但我还是什么也听不见。

我没有理会出事的孩子，歇斯底里地捏起双拳，敲打着舱门。"把门打开，把门打开。"我冲着舱内的监视器拼命地吼道。有一瞬间，我觉得又回到了8年前出了事故的那一刻，那时候，舱门也是这么矗立着一动不动。

"让我离开这儿。"我大声叫道，知道谁也听不见，忍不住哭了起来。

姑姑把我放了出来。她很生气，因为宇航服的对讲系统出了故障，还因为我的表现实在差劲。

对讲机被破坏了，这搅得埃伯哈德很是不安。后来他跑来找我说："你应该找斯彭斯查问一下，他是不是又拆了对讲机。这样干简直太危险了。他会跟你说实话的。"

"当然是我拆的，"斯彭斯瞪着眼告诉我，"是你让我拆的，不是吗？上个星期你告诉我不想出舱去，要我想想办法，对吧。"

我已经忘了这回事了。后来我什么也没告诉埃伯哈德。

从过渡舱里出来的时候，不知道为什么，我很想见一见迦香。在过渡舱外，姑姑唠唠叨叨地说个不停，忙乱的蜘蛛和救护机器人发出的各种刺耳嘈杂的声音像旋涡一样把我围绕在中间。在我扰起的这一片纷乱中，我感到极度疲倦。小秀树曾经走到我的跟前，他眼光里流出的轻蔑让我无地自容。我知道，没有人看得起我这个船长，即使是斯彭斯，我想他也只是把我当成了一个难以信赖的玩伴。飞船上存在的一切仿佛都失去了意义，除了那个小女孩，也许她是真正理解我的人。我已经很久没有和迦香见过面了。突然间，我有一种抑制不住的渴望想和她单独在一起，即使这需要打破誓言再下到底舱去。

蜷着双腿缩在冷却管的后面，能看到从上一层舱室漏下的灯光。那些矗立在过道两侧的巨大机器都以一种奇特的、超现实主义的比例倾斜着，投到墙上的影子很容易让人胡思乱想。我刚开始有点后悔，一团小小的黑影溜了进来。

"迦香？"

"是我。"她说。

我碰着了一只细长柔软的手，她摸索着在我的身边坐了下来。

"那个孩子没事吧？"我有点内疚地问。

"他还好，有些紧张过度了，姑姑给他打了一针镇静剂。"她犹豫了一下，说道，"情况很不好的是你，阿域。"

我虚弱地一笑："今天的事你都看到了。真糟糕，不是吗？在这之前，我一直觉得自己混得还挺好。"

"你没控制住自己的情绪。你即使害怕也不该表现出来，阿域，你是船长啊。"

　　"别傻了，你们为什么老觉得我是船长，我不是！"我愤怒地叫了起来，"我什么也不是！要不是那一次事故……"我哽咽着说："我根本就算不上船长。没有人知道，我一直在害怕。我害怕做船长，我害怕出舱去，我害怕黑暗。就是在底舱这儿，我也觉得害怕。"

　　"我知道，"迦香同情地看着我说，"你在害怕。但这没有什么好难为情的。阿域，我们每个人都害怕，每个人都会遇到自己心理上的黑暗时期，问题在于你什么时候才能走出来——船长，你可以是一名好船长！"

　　"胡说，我不行！船上的每一个人都知道我当不了船长！"我暴躁地反驳说。

　　"你并不是从小就害怕黑暗；你不愿意学习，也不是因为你不喜欢你的专业；你的基因组本该把你塑成一名勇敢的宇航员，可你一直在拒绝它！"黑暗中，迦香把脸一直凑到我的眼前，"为什么？阿域，你到底在躲避什么？想想看，你为什么生气？是因为你知道我说得对。"

　　我闭上双眼，脸色苍白。黑暗像尸衣一样紧紧地包裹着我。我努力回忆，却只有一种莫名的恐惧紧盯着我，一个白色的影子悄悄地掠过心头。"我不知道，"我烦躁地叫了起来，"我不想知道。"

　　迦香毫不放松地紧逼过来："那么秀树呢？"

　　"什么？"我猛地抬起头。

　　"小秀树！你为什么要怕他。今天他也在舱里时，你很不对劲。"

　　我强作笑脸："笑话，一个小毛孩子，我为什么要怕他？"

　　迦香默默地看着我，没有说话。

　　我低下头，紧咬牙关，寒意从心头直冒上来。我又看见了那个白色的身影，看见了那张苍白的沾满血渍的脸。那是秀树的脸，另一个秀树的脸。他才是飞船真正的船长。

后来，姑姑紧急动用了宇航员储备，孕育出了新的船长。小秀树今年刚满8岁，已经显示出了非凡的组织能力和天赋，他简直和当年的秀树一模一样。所有的孩子都心知肚明，只要小秀树一满14岁，船长一职就非他莫属。

从小秀树出生那天起，我就一直躲着他，见面时我也从来没有给过他好声气。别的孩子对此视而不见，飞船上的日子早已让我们学会了互相漠视，也许只有敏感的迦香知道我是在逃避什么。

"把你的噩梦说出来，阿域，"迦香在我耳边悄声说道，"我会和你一起承担。"

"没有人记得什么了，"我说，"那一年，我才8岁……"

……耳机里传来阵阵刺耳的警报声，四周的黑暗浓厚得仿佛可以挥手搅动。我和秀树就像是无边的黑潮水中孤独无助的溺水者，而飞船的过渡舱那扇该死的门就是打不开。

秀树的脸在头盔后面若隐若现，消逝的每一秒钟都在带走他的生命。

六　先锋船

那天是我第一次被允许出舱行走，刚开始一切都显得很新奇。外面是一个黑色的世界，舱外的探灯只能把幽暗的甲板照出一个模模糊糊的影子。引力发生器的效用在舱外被减弱了，我觉得自己仿佛在轻飘飘地飞来飞去。但是微引力引起的新奇感觉很快就消失了，我的头变得很晕，五脏六腑都在翻腾。

带我出舱的就是秀树。他那时候还是飞船上唯一能进烛龙的大孩子，我们很少见到他，因为他几乎每天都埋头于烛龙之中不知道忙些什么。我们总是躲着他，他长得脸色苍白，瘦长难看，但我们都不由自主地尊敬他。因为他聪明绝顶又狂热孤僻，不管有人没人的时候他总在自言自语，这实在是让我们敬佩。

有时候秀树对我们仿佛漠不关心，有时候却很严厉。在我的记忆中他仿佛总是在冲我大叫大嚷，在他眼里我只是一个什么都不懂的小家伙。

但是那一天，他对我还不错。在舱外他给我示范了各种舱外维修的操作方式，还与我合力拆卸了一段废弃的船头甚高频天线。"小心点，小家伙，"他叫道，"把你那笨蛋夹钳拿开。"他俯下身去，我能感觉到他在厚厚的宇航服下绷紧的肌肉。

这种活儿本来交给蜘蛛干就行了，但姑姑坚持每一位宇航员得自己学会这项技能。这是教育程序规定的。

拆卸天线时，我看见飞船前方有一团雾气蒙蒙的光亮。

"你上课没有好好听吗？那是充当飞船前锋的防护船，"秀树说，"它一个月回来一次，我们平时看不见它。"

"是因为这儿很黑吗？"

"黑？"他大声嘲笑着说，"黑暗能蒙蔽我们的眼睛，还能蒙蔽我们的心吗？"

我不太明白他的意思，只好默然不语。

过了一会儿，我胆怯地说："姑姑的课我听不太懂，有时候……她说的和……和……"我找不到该说的词汇，满脸通红地朝着黑色的空间挥了挥手："和这些……不一样。"

"小家伙，你可别当着姑姑的面指责她。"秀树扔下了夹钳，我不知道他是不是又生气了。

"听不懂也好，那上面尽是些谎言。"他沉默了好一会儿，仿佛思绪又不知飘到哪里去了，最后他说，"好吧。小家伙，我要和你说，不管你能理解多少，你来看——"

"在雾蒙蒙的探灯所能及的一点点范围内，这是一个灰白、死寂的世界，偶尔有些细细的电火花在一些外架的仪器上闪闪发光——除此之外，阴影和亮光的分界线是那么的黑白分明，以至这儿看上去像一个虚假的剪影。发白的船身横亘在我们的脚下，仿佛一条巨大的死鱼。到处布满了一条条灰黑色的斑痕，那是它在这无边的空间中流浪久远、历尽沧桑的证据。然后，在外面，就是那些黑暗。"

"我们在这儿，"他脸色苍白，但两眼放着光，"看着这些木乃伊，你能想象曾经有过呼吸着的大地吗？我们离开了陆地，是因为要探求它的秘密。它静卧着，有如黑色光滑的丝绸，闪着诱人的光。但是有一天，我们发现它是无边无际的，没有什么比无边无际更让人觉得可怕……和美丽。"

"你觉得这儿美吗？一个黑暗的不得超生的地狱。但是我们被创造出来，能在这儿思索、悲叹，这不是个奇迹嘛？"他热切地望着我，我能看到青青的细小的筋脉在他的额头上搏动，"你相信暗物质吗？你相信吗？不论世界多么恶劣，可是宇宙一定是最美的。否则，我们的生命就没有意

义。你相信吗？"

他的样子很吓人，而且我明白他想从我这里掏出一个肯定的回答，但我还是胆怯地说："我不知道。"

"这没有用。"他说，抢起夹钳，以一种狂热的病态疯狂地砸着天线支架，说着一些我听不懂的话，"那么我呢，相信还是不相信？无法证实还是证伪？什么是真理？"

"我正在找它，"他停下手来，"我就要发现了，就要发现了。"他带着一种茫然的、发傻的微笑向着那朦胧的黑暗的远方望去。

那时候史东还在牙牙学语，我不能肯定他是否记得那天发生的一切。

后来，那天晚上在布满炸弹的底舱里，史东首先打破了沉默。

"我当然记得他，"他说，"他不是个好头儿，他本该看好我们这帮孩子，带着我们一起求道，而不是一个人。你没注意到他已经疯了。"他带着嘲弄的语气说，"因为他迷失了方向。"

是的，他是有点疯狂。我害怕地发现自己正在这么想，于是立刻大声反驳说："我们必须尊重他，因为他是飞船上头一个孩子，他得独自面对这空邃、疯狂的空间，他用不着向我们这些什么都不懂的小家伙们屈尊低就。"

"所以他死了，"史东下结论说，"我们每个人都会跟着死去，去接受审判。"

"去你的审判，"我没好气地说，"那时候我还小，不然他不会死的。"

那时候我确实太小了，小得只会提些问题。

"那些先锋船——它去前边干什么？"我虽然有点害怕，还是忍不住问道。

秀树仿佛重新意识到我在他身边，他回过头来盯着我看了一眼，怪笑一声："它去干什么？"他扔出了手里一小段拆下来的废弃天线，它慢悠悠地划出一道曲线，离开了飞船轨道。"嘿，瞧着，如果没有先锋船，我们就会……"

一团耀眼的火花猛地刺痛了我的眼睛。

"砰的一声……"秀树微笑着说，"这是因为我们在以每秒3万千米的速度飞行，而宇宙中充满了带电粒子，这么高的速度使我们撞上它就像撞上重磅炸弹一样。而先锋船是我们的摩西——它分开红海，带我们前进。"

我带着一个孩子特有的惊讶目睹着船头的弹射排架缓缓张开。

"马上要发射先锋2号了，它们都是由特别坚固的材料制成的，但还是需要轮换检修。"秀树说，"我们必须参与检修。这是程序规定的。"

雾光靠得更近了。整个飞船都轻轻地抖动了起来。先前那架先锋飞船的喷嘴正在全力喷射。它缓慢地减速，沿着另一条副导轨滑向船头舱。它将在那儿停留一个月作彻底大检，准备下一次的发射。

秀树好像有点紧张，先锋船上千疮百孔，疮痍满目，一条姿态控制舵可怕地耷拉着。"它好像经历了一场恶战。这儿很危险，咱们先回到后面去。"他说。

"可是程序……"

"去他的程序，别告诉我该做什么，"秀树吼道，"我总是对的！"

先锋船靠得更近了，凶狠地撞击着船头导轨。飞船上的磁力夹竭力想控制住它。

"来不及了，小家伙，固定好你的引导绳。"秀树冲我大声喊道，"抓紧它。"

我恐惧地睁大眼睛，看着这头可怕的钢铁怪兽撕咬着母船。脚下的甲板剧烈地抖动着。一大块残破的船壳忽然从先锋船上脱落，悄无声息地向我冲来，残片上剃刀船锐利的边缘在我的视野里清晰无比。我完全被吓呆了。

秀树放开了引导绳，高高地跳了起来把我扑倒在地。但是反作用力把他推向了凶狠地噬来的残片。他那白色的身影猛地滑过我的面前，重重地撞在船头甲板上，又反弹起来，压在了我身上。

我看见了他那张苍白的脸，鲜血从他的口鼻中涌了出来。"带我回去，小家伙，"他吃力地说，"我的氧气控制系统撞坏了。"

氧气正从秀树航天服的破口中急速涌出。宇航员在缺氧的情况下能坚持多久？14秒？16秒？我记不清了。在过渡舱的门外，我笨手笨脚的，怎么也打不开它了。秀树在面罩里疲倦地冲我笑："我要坚持不住了……阿域（这是他第一次叫我的名字），照看好孩子们……"他的眼睛里罩上了一层黑雾，而我只懂得放声哭号。

过渡舱的外阀门漫长得仿佛过了一个世纪才慢吞吞地滑开。隔着内阀门，我能看见所有的蜘蛛都疯了般在舱口那儿乱爬。空气终于涌了进来，可是秀树已经死了。

在过渡舱外的那10秒钟中，死亡和黑暗从来没有距离我那么近过。飞船上的孩子夭折的并不在少数，我们曾经多次目睹过死亡。有一次，随着解冻的胚胎复活的瘟疫席卷了全船，隔几天就有一个孩子死去的消息传来，每个人都被隔离在自己的小舱室里静待医务机器人或是死神的敲门。

即使是那一次，我也没有如此近距离地看见过死神的脸。那次事故中，死的本来会是什么也不懂的小家伙，会是我……

"你在责怪自己，阿域，"迦香说，轻轻地，"但这不是你的错，这是秀树的选择。我们不应该承担其他人的选择。"

"后来我才明白，秀树对我大声叫骂是因为他一心想让我像他那样，成为一名优秀的宇航员，可就在那天，我被吓破了胆。"我看了一眼自己的手指，它们正在难以控制地发抖。我猛地捏紧了拳头大叫，"见鬼，我再也不行了，我再也成不了一名好宇航员了。"

七　史东

斯彭斯突然跑来找我。他唾液飞溅，激动得要命，瘦瘦的脖子上的筋脉剧烈地跳动着："我有了一个大发现！头儿，简直难以置信！我认为需要召开一个紧急会议。"

"紧急会议？你疯了？姑姑不会同意你这么瞎搞的。"我没好气地说，"这属于非法集会。"

"我早想好了，"斯彭斯神秘莫测地一笑，"我们可以到烛龙观测厅去，在那儿姑姑什么也不会知道。我保证你会大吃一惊。"

"等一等，"我怀疑地说，"那里原先也有个监视器……"

"现在没有了，"斯彭斯不耐烦地说，"快走吧，埃伯哈德和史东已经在那儿等了——你到底去不去？"

埃伯哈德？史东？我疑虑地瞪了斯彭斯一眼，他们俩不可能加入斯彭斯的玩笑中去。也许斯彭斯真的发现了什么？我从床上爬了起来。

斯彭斯如果只是想吓我一跳的话，效果确实很惊人。他把烛龙厅里的灯都关了，只留下了那盏暗红色的壁灯。里面很黑，我不得不小心翼翼地跨过满是散乱仪器和纸张的地面，带着困惑的表情看着四周。那儿的墙上投放着斯彭斯不知道从哪儿翻出来的大幅天体的特写幻灯。我认出著名的蟹状星云，它向外延伸的红色尘埃云让它看上去像是被剥得剩下血管和神经的手掌；一张我叫不出名字的暗星云，它的形状像是悬在空中的脚；那些星星的照片在红色壁灯的照耀下反射出点点诡异的光，仿佛正在抖动。史东和埃伯哈德也在里面，他们的表情看上去很不自在，只有斯彭斯那一向自鸣得意的傻脑袋上挂着笑容。

我诧异地盯着这块地方，气愤地说："我的天，斯彭斯，你干吗要把这儿搞得这么黑，你知道姑姑发现这儿被你糟蹋成这样会把你怎么着吗？"

"没工夫理会那么多了。"斯膨斯带着几分得意扬扬的神情把我扯到计算桌前，"你来看。"他的手指娴熟地在屏幕上跳动着，一条红线从暗影里流出来，斜斜穿越屏幕。

"我找到了7年前烛龙的对外扫描数据，你不会相信的，这是从最早的档案中调出来的。还记得吗，你在禁闭室里提到过的暗物质理论。你曾经提到过的那个人真是个了不起的家伙，我们根本没有暗物质的任何数据，它好像是看不见也摸不到的，但他相信暗物质云的密度通过反馈星际氢频率应该是可追踪的。他独自演算出了暗物质密度数据，还在计算机里留下了一个密度转换公式。"

没等我反应过来，他又在屏幕上划出了另一个窗口："我在这两个月中重新扫描了舱外，这是烛龙打出的数据表——"另一根红线出现在窗口里，它的波纹曲率和前一条极为相似。也许它们能够重叠在一起。

但是斯彭斯没有把它们叠在一起，只是把它们一上一下地并排摆着。

"现在，"他眼巴巴地看着我，"你看出问题所在了吗？"

"你发烧了？这儿有3000个数据，我能看出什么？"我生气地说。

"别管那些数据！"斯彭斯紧揪着我的衣领叫道，"这些曲线说明密度正在下降！暗物质！我们就要发现宇宙的秘密了。"

"不可能，"我说，"你除了发现自己又被关进了禁闭室外，什么也发现不了。"

"暗物质？什么暗物质？"史东警惕地问道。

"它在U区存储器里，是个叙述得不明不白的故事。"斯彭斯说，"古老地球上的科学家为了解释一些现象，无可奈何地意识到在可见宇宙的朦胧薄膜下可能存在着一种看不见的物质的引力。科学提不出它的物质形式和能量形式，一些人甚至提出很可能这种物质是星系赖以存在的基础，正是这种未经探察的大量暗物质使得时空弯曲。而且有足够的暗物质的话，宇宙常量Ω才会等于1———个完美的数字。"

"哧，Ω？"史东冷笑一声，"你们不是在开玩笑吧？你们的证据只是Ω。我从来都不相信直觉。"

"埃伯哈德，你说呢？"斯彭斯热心地回过身去问埃伯哈德。

"什么？"埃伯哈德迅速做出反应，斯彭斯居然和他说话实在让他惊

慌失措，"我不知道，也许姑姑能……"

"我知道了，这是个阴谋，"史东狠狠地说，"那么你们这次是想把我的宗教理论彻底地驳倒了。你们事先安排好的——"

"不，等一等，不是你想象的那样。什么也没有。"斯彭斯生气地说，他飞快翻动屏幕上的图表，"你可以自己检查这些数据。"

听到这些理论争执我总想躲得远远的。"把这些幻灯关掉好吗？我觉得很难受。"我说。

"我倒不觉得难受，别理它。"斯彭斯好像根本就没有注意到我的话，他扑到桌子上，从在我看来是一摞废纸片中翻出了一张胶片，"好，你们会相信的。这张光学胶片是烛龙在紫外扫描中同步拍摄的……"

"胡扯！"我打断了斯彭斯的话，"烛龙根本就不能拍摄什么光学胶片，它是直接连接到姑姑的监视器上的。"

史东冷冷地说："除非有人碰过烛龙。"

我们一个接一个地把头转向斯彭斯。

斯彭斯一副坦然无愧的表情："怎么啦，你们不想了解事实真相吗？这是唯一的机会。"

我生气地瞪着那张斯彭斯冒着难以饶恕的罪名拍摄出的黑胶片，而那上面什么也没有，除了一个小灰点———个毫不起眼的灰蒙蒙的小点。

"这是什么，你底片上的暇斑？"我怀疑地问。

"老天爷，你还不明白吗？"斯彭斯疯狂地摇着我的胳膊。他回过头去看着大家，"你们都不明白吗？这是一颗星星！用肉眼还看不到它，但我们正在朝它飞去！我们马上就要飞出暗物质云了！"

星星！我被斯彭斯的话吓坏了，一股冷汗禁不住地从手心冒出来。我回头看看埃伯哈德，他也是面色惨白。

"不，那不是星星。"一个尖锐的声音打破了沉寂。是史东。他脸色发青，连声音都发抖了，"那不是星星，你们没有读过《启示录》吗……'他像冲破乌云的闪电，带来了死亡，也照亮了一切。他将出现了，你们这些不信神的人有祸了'……"

一束灯光照在史东的脸上，显得他那狭小的脸又青又白。

史东是个长手长脚、瘦得皮包骨头的大个子，只比我小一岁。在飞船上，他也许是最不把我放在眼里的人，我也从来都不相信他的那些煽动性的预言，但这时候他说出来的话，像是一阵悸动撞进我的心里。

"你们看出来没有？"斯彭斯问，"他有毛病。"

我和埃伯哈德默默无语。

史东冷笑着说："你们自己想一想吧，我们每个人都属于不同的民族，克里克人、蒙古人、印地安人，这条破船满载着所有的民族，为什么？想一想诺亚方舟的传说，我们将要漂浮到最终审判日……星星？不，它就是我们在等待的那匹灰马！"他神经质地啃着手指甲，留下了一句含义隐晦、令人不安的预言就猛转身出去了。

"你们知道我是怎么想的吗？量子物理离上帝太近了。他越来越深地陷入不可知领域，"斯彭斯愤愤地说，"总有一天，这家伙要疯掉。"

"姑姑呢，她知道这事了吗？"我好不容易从发干的嗓子里挤出一句话，"她从来就不承认我们是在一片暗物质云中。"

"对，我这就去告诉她。"斯彭斯大叫一声，返身就朝门外冲去。

我一把拽住他的脖领子，把他拉了回来。"别着急，先让我搞明白了再说。"我哑着嗓子问他，"还有多久？"

"不知道，我们没有对比数据，也许还要10年，也许就在明天。"斯彭斯说。

"出去以后，那儿是什么样的——会是这样的吗？"我从墙上扯下一张图片，那上面被放大得巨大无比的猎户座大星云像一座熊熊燃烧着的炼狱，美杜莎的蛇发恶狠狠地伸展着占据了整个视野。"那儿，那儿……"我咽了口唾液说不出话来。我看了看埃伯哈德，他和我一样脸色苍白，惊恐不安。史东临走前说的那些话，像一块巨大的阴影笼罩在我们的心上。

埃伯哈德可怜地张着嘴，犹犹豫豫地说："他……史东是指……烛龙，烛龙和姑姑……我们是在崇拜兽像吗？"

"我不知道，那不是我的事了。"斯彭斯说。他站在观测室中心，奇怪地看着我们："怎么啦？你们都不高兴吗？10多年来我们所学的知识都是在描述那个宇宙啊。现在，我们就要亲眼看到它了。你们不会相信史东说的那一套吧？"

我咕哝着说："我还没有准备好呢。这太快了，斯彭斯。让我想想该怎么办。"

"斯彭斯，"我回头盯着他的双眼说，"我不许你告诉其他人，姑姑也不行。埃伯哈德，你也是，都明白吗？"

然而秘密没能守住。我得承认第一个违背纪律的不是别人。

"我不相信。"迦香后来说。

"我看到了那张照片。"我说。

迦香没有回答，她依旧照料着那些小蟑螂，仿佛那项工作比星星还要重要。那些蟑螂仿佛更大了，一只挤着一只，在试管口疯狂地扭动着，迦香怎么也不能把它们弄好。

迦香生气地把试管扔在桌上："你知道，那些虫子很不安。我熟悉它们，它们很烦躁，只有遇到什么危险时它们才这样。它们总是会比人类更早地预见到灾难。"

她离开了工作台，我看见她几乎要哭的样子，她还毕竟是个孩子。她的双手在发颤，但她很快把它们藏在兜里。

我说："你害怕吗？"

她看着我的脸说："你难道不是吗？"

"我很害怕。现在所有的人都知道了这件事，可是没有人想谈论它。这是一个危险的信号。我们都在害怕。一定会出事的，一定会出事的，而我们不知道会出什么事。"她不断颤抖着，"我倒宁愿我们还在暗物质云的深处，永远也看不到外面。"

我伸手揽住她的肩头："别傻了，你知道，我们实际上都在等着这一天。"

那天早上在教学大厅里，几个小男孩在计算机上做一种翻牌游戏，这本来是一种很普通的心理训练课。巴鲁，一个半大的小男孩，连着翻开了五张扑克牌，都给计算机猛抽了回去。另一个小男孩在边上傻笑了一声，于是巴鲁把键盘一甩，跳起来扑到他的身上挥起拳头一阵乱打。教室里一片混乱，老师足足花了十分钟，才把他们拖起来拉到禁闭室中。

这在姑姑的严厉管制下可是前所未有的事。我不由自主地看看坐在角落里的迦香，她的脸色异常苍白。她回看了我一眼，眼神中的意思清楚明了：决不仅仅是这些。

　　我一向把埃伯哈德看成船上无害和多余的一堆过度发育的有机体，甚至就连他也让我感到了威胁。那天晚上他直接来找我提议说："让我们杀了斯彭斯吧。"

　　我吓得目瞪口呆，差点跳了起来："你疯了？干吗要杀斯彭斯？"

　　"我不知道，"埃伯哈德说，一脸的慌乱和尴尬，"我只是想，一切都是斯彭斯搞出来的，我们把他干掉，也许就会好起来。"

　　我知道埃伯哈德已经是个疯子了，虽然他自始自终总是千方百计地、疯狂地维护飞船上的秩序，他的情况还是让我害怕，这不是一个好兆头。我从好几个人的眼中都看到了一种临近精神错乱般的疯狂神情。

八　埃伯哈德（2）

　　那张照片上模糊的光点像是个预兆，在我的脑子里盘旋不去。一个声音提醒我仿佛该做些什么，但我根本不知道该怎么办。母船正在不停地、悄悄地战抖，先锋船换防的日子又一次临近了。

　　"你没什么可做的。"斯彭斯说，他这么说倒不是出于讽刺我。

　　我和迦香在卧房里找到了斯彭斯，他的发现带来如此混乱的结局让他即愧疚又迷惑不解。"为什么会这样？"他说，"我还以为大伙儿很快都能明白过来呢。"

　　"明白过来什么？我们是听你的还是听史东的？或者我们还是该相信

姑姑的话？"我气恼地说（监视器当然被斯彭斯拆掉了），"你要是不如此愚蠢就该知道我们大家都会吓坏的。"

"是这样，我们应该有个头儿，"他的脸因为沉思而皱成一团，"而你就是头儿，你本该出来把持局面。"

"你早知道，没有人会听我的，"我又是生气又是沮丧，"我们这儿是一盘散沙。你看到早上发生在教室里的事了吗？现在姑姑也开始失控了。"

斯彭斯突然叫了起来："是啊，我明白了，因为我们缺乏团队精神！你们应该看得出来，我们都在互相排斥。看看埃伯哈德和史东吧，还有我和你，是的，我和你，甚至还有迦香！我们都有优秀的基因，可我们都太以个人为中心了。除了上课和那次会议，我们为什么从来没有聚在一起过？在底舱有个游戏区，我们为什么从来没有一起在那儿玩过？"

是的。我想起那些生锈的铁架和秋千，即使是我和秀树也从来没有玩过九柱戏或对抗球。那是需要四五个孩子才能一起玩的游戏，我们从来没有玩过。

姑姑废弃了游戏区，而游戏是孩子最重要的培养团队精神的活动。

"她应该了解这一点。她是个教育专家，她有教育程序！"斯彭斯愤愤地叫道。

"对此我有个想法，"迦香说，"姑姑无疑是忠诚的，她不想让这次任务失败。但她对自己并不了解，没有人了解自己，也没有计算机了解自己。她只想着成功，所以她必须控制全局。暗物质云的存在是对她的一次可怕的挑战，她无法控制周围的环境，可是又无力修改程序，这会刺激她更强烈地渴望控制一切，而孩子们的存在是对任务的另一项威胁，"说到

这里，迦香对着我们一笑，"我们确实都很不听话，如果我们团结一心的话，她就更无法保持自己的尊严。"

"也许她自己都没有意识到，关闭底舱是个绝佳的借口。"我说。

"你说得也有道理，"斯彭斯说，"不过我认为也许是她想当一辈子女王，高高在上的黑暗之王……"他指指上方，我没来得及看清他的手势，因为——

黑暗的降临到来得毫无预兆。

就在我们说话的时候，船舱里的顶灯突然熄灭了。

船舱里漆黑一片，这是纯粹的黑暗，没有一点点的微光。我从来没有明白自己会如此地害怕黑暗，在那一瞬间，我嘴唇发麻，叫不出声来。一只手伸过来紧紧地握住我，这是迦香的手，我定了定神，发现自己的手上全是冷汗。我听不见迦香在我耳边说什么，我的耳朵里嗡嗡作响，好一会儿我才意识到那是血液冲上太阳穴的声音。就在这时，两道闪光刺痛了我的眼睛，应急照明系统的灯点亮了，可是光线微弱、摇曳不定，仿佛随时都会熄灭。

"快来！"迦香叫道。我们一起冲进走廊，发现大厅里也是光线昏暗，飞船上的大部分地方甚至看不到一丝光亮。我的心怦怦直跳。终于来了！

不知从哪儿传来刺耳的警报声。几团黑影在走廊里急匆匆地爬过，那是忠于职守的蜘蛛们，它们总是不知疲倦地穿行在钢铁迷宫中，搜寻那些出错的地方。

"一定是出事了。"斯彭斯说。

"对，一定是出事了。"我神经质地跟着说。

"咱们得找到在哪儿。"

"咱们得找到在哪儿。"我说。

斯彭斯跟在那些蜘蛛后面跑去，它们钻进了一个维修通道，消失在黑暗的管道里。斯彭斯俯下身去，检查了一下管道口的标码。

"它们像是在往底舱跑去。"他说。警报声突然中断了，周围一片寂静，那些灯光在他的脸上一闪一闪的。经历了刚才的嘈杂，这片寂静仿佛更加令人害怕。

"底舱？"我说，想起那些超大尺寸的冰冷的黑色钢架，还有那些死去的魂灵。

"得有人去看看。"我艰难地咽了口气，"还得有人去找老师，他会在哪儿？——我是说，他应该在这儿。这事本来该由他处理。"

"你看上去好像要哭出来了。你行吗？"迦香说。

"是吗？"我镇定了一下，努力想挤出一个笑容。

"好吧，"迦香担心地看我一眼，"那我去找姑姑。斯彭斯，你和阿域去底舱看看，要小心。"

"我不明白，为什么会是底舱？"站在通往黑暗的底舱舷梯边，我说。下面的世界黑得宛如创世纪初的混沌深渊。

"老船舱边有个武器储备室。"斯彭斯说。

"噢，斯彭斯，行行好，别竟告诉我坏消息。"

在阶梯下迷宫般的通道面前，我犹豫了一下，斯彭斯跑到了前面，消失在黑暗中。

"小心点，斯彭斯，"我压低嗓门喊道，"你能看到什么？"

斯彭斯没有回答，前面传来一声闷响，像是重物倒下的声音。

我低声咒骂了一句，走进通道，舱下没有我想象得那么暗，一盏又小又暗的应急灯在舱顶上半明半暗地闪烁着。我看到灰尘中留下的脚印，直通武器储备室的舱门。门被打开了。从空气中传来一股烧焦的怪味。门前的地上留着一小团焦黑的东西。

"斯彭斯。"我低声喊道，走近了那团黑影，那是一堆烧焦了的蜘蛛的残骸。

一条手臂从黑暗中伸出，拉住了我的胳膊，吓得我差点叫出声来。

"嘘……"一个声音在我耳边轻声说道。

"斯彭斯，"我低声喊道，"到底发生……"

"别作声。他就在前面，刚走一会儿。"

"谁在前面？"我生气地说。

"我没看见是谁，"斯彭斯说，"可是有人拿走了武器舱里的枪和MPB。"

"MPB？"我气恼地问道，这儿都是些我不懂的东西。

斯彭斯以一种奇怪的眼神看了看我："那是一种地质勘探和爆破用的炸药。"

"枪？炸药？"我呻吟起来，"这疯子想干吗？"

"我们得拦住他。跟我来。"斯彭斯简短地说。他带着我走进一条我依稀熟悉的通道。

这儿有一扇门直通垃圾口，那是处理死尸和不可回收物资的地方。站在这条通道上，可以看到两侧一排排巨大的引擎，它们如同古埃及神庙废墟中的那些残留的圆柱，刺向由于黑暗而看不到的舱顶；如果停下来，屏住呼吸，集中注意力，就可以听到各种声音；孩子们说这儿是那些死去的魂灵居住的场所。

我跟着斯彭斯继续往前走，直到尽头。前面是一扇门，又黑又重，门上有青黑色的控制面板和图案。这儿是废弃的过渡舱。

"小心，他一定在这附近，这儿没有其他路了。"我说。

"你来过这儿？"斯彭斯好奇地看了看我。

一丝苦涩涌上我的心头，我试了试那扇门，不出所料。

"都锈住了。"我说，"他不可能在里面。"

斯彭斯没有回答，他喘着粗气，凝视着另一个方向。"那儿有东西。"他说。

我绝望地回头张望，一排红色的跳动的数字映入眼帘。启动的炸弹下一个人正在惊慌失措地回过头来。

九　老师

"埃伯哈德！是你在这儿！"我惊讶地喊道，几乎不相信自己的眼睛。虽然他早就是个疯子了，我可不相信他会干出一点点伤害飞船的事。

"快过来！离那东西远点。"斯彭斯叫道。

埃伯哈德满脸惊慌："那东西危险吗？"

"快过来，"我叫道，"咱们得离开这儿。你能把蜘蛛叫来吗，斯彭斯？”

埃伯哈德犹犹豫豫地朝前走了几步。

"别过去，你想要堕落吗？"一个熟悉的声音躲在粗大的肋柱影子后面说道。

"史东！我早该知道是你。"斯彭斯愤怒地叫道。

史东的手里拿着的正是那把杀死了武器舱前蜘蛛的防卫枪。他在引擎发出的仿佛是永恒的嗡嗡声中挺直身子，嘴角噙着一丝冷笑，身后舱壁上那些红色数字飞速跳动。

我们充满敌意地互相对视着。

"你在这儿干什么？"说完，我惊讶地发现自己的声音既冷酷又平静。

"很明显，你们完了，"他恶狠狠地叫道，"他来了，他的威力无人能挡。"他又在啃手指甲了。

"他很紧张，他有精神紧张性障碍，你看出来没有？"斯彭斯低声对我说。

"什么叫精神紧张性障碍？"我被一长串的字眼唬住了，几乎脱口而出埃伯哈德的口头禅，"这有危险吗？"

埃伯哈德几乎是手足无措地站在中间，他声音颤抖地说："我这样安全吗？我怕得要命……"

"埃伯哈德，待在那儿就死定了，到这儿来。"

"别过去。即使是姑姑也拯救不了你。"史东说。

"我不知道……"他脸色苍白，看看我和斯彭斯，又看了看史东，几乎要哭了出来。

"史东，你这么干不会对任何人有好处，"我舔了舔干涩的嘴唇，"我们已经有人去通知姑姑了……"

斯彭斯突然一把抓住我的胳膊。

从远处的上层甲板传来一个女孩的尖叫声，因为遥远而显得微弱，那是迦香的声音！

仿佛是收到了一个信号，埃伯哈德翻了翻眼睛，弓起后背，两腿猛地砸到了地上。史东的枪口猛地转向了埃伯哈德，这可能只是个下意识的动作，但……

就在这时，一枚炸弹在齐眉高的地方爆炸开来，紧接着是另一枚，风从送风管道的破口处呼啸着冲出来。所有的人都被震倒在地。

"着火啦！船舱着火啦！"斯彭斯在我耳边拼命地叫道。我下意识地想，舱壁没有破，要不然我们全都没命了。船舱里面充满了浓烟，我什么也看不见，被呛得拼命咳嗽。

"伏下身子。"斯彭斯在后面大声喊道，"我们得回去拿氧气面罩！"

去他的氧气面罩，我想，跟跟跄跄地伸手向前摸去。"史东？"我叫道，却猛地撞在了一根金属管子上。

在前面，熊熊的烈火吞噬着侧面舱壁的隔层垫料，被火光照耀着的大引擎柱形成的巨大黑影在天花板上愤怒地摇曳。不知道哪儿烧得嘭嘭作响。我不怕火，我对自己说，我只是怕黑。火光照亮了黑暗的底舱。

几只尖叫着的小蜘蛛赶到了，它们满屋子跑着，背上的自动灭火器开始喷射出白色的泡沫。

我看见了史东，他跪在地上，手里的枪丢在了　边。然后他爬了起

来，摇摇晃晃地向枪走去。

"不，史东！"我尖叫了一声，扑了上去。

史东抓住了枪，倒过枪柄挥舞了起来。我的耳朵后面一阵剧痛，整个世界仿佛倾倒在我的面前。

我呻吟着向上望去，看见史东得意扬扬地把他的枪对准了我。"现在你还有什么可说的？"他说着，啃着手指甲。

"埃伯哈德。"我说。

"什么？"史东茫然地问道。

一个胖胖的黑影扑向史东，把他撞倒在地上，他们搏斗起来。

没有想到还有一个爆炸。巨大的冲击力震得我耳朵里嗡嗡作响。清醒过来时我发现自己坐在一堆白色碎屑中。史东和埃伯哈德都不见了。

烟雾比刚才更浓，在浓烟当中，我看到一团团的火焰。远处蜘蛛们的灭火器嘶嘶作响。

我拼命咳嗽，伸出手在墙上摸索，寻找灭火器。眼睛和肺部烧灼般地疼痛，模模糊糊地倒了下去。我要死了，我想。

温度降了下来。

一双手把我扶了起来，斯彭斯把一副面罩按到我的脸上。

"你们找到史东了吗？"我喘过气来后问道。

"先别管他了。你觉得怎么样？"

"史东怎么样？"我固执地问道。

"他死了。"埃伯哈德在一边惊恐地辩解着，他的脸隐藏在氧气面罩后面，黑一道花一道的，"我不是故意的，天哪，现在姑姑会拿我怎么样？我这一辈子都没有做过错事……"

209

要是在平时，我会把他塞到垃圾道里去，但是现在，好像有一件很重要的事占据了我的脑海，我却想不起来了。

我望着烧焦的墙壁。这回可弄得真糟糕，火灾，我想。姑姑为什么没有反应，她本该火冒三丈，她本该拉响警笛，她本该让老师挥舞着电鞭四处奔跑。

为什么？

"迦香。"我惊醒过来，浑身冰凉，"她会出事的！天哪，真要命，而我居然晕过去了。"

"还没有多久，"斯彭斯说，"快走，我们上去。"

我冲向舷梯，一步跳上四级台阶，跑到了中间平台上，又一转身，突然发现老师就直愣愣地站在楼梯最高一级平台上。

我倒吸了一口凉气，它的金属手臂里牢牢地挟着一个孩子，那是迦香！她快要窒息了。

十　舱外

老师虽然没有自己的大脑，但并不意味着它对我们毫无威胁。

即便是姑姑也不允许违抗教育程序的，她是自己的囚徒。

她疯了。迦香说。

而现在……

老师开口了，我几乎又要晕了过去。他那阴暗的声音在黑暗的大厅上空扫过，他一板一眼读的正是变调了的《启示录》。

大厅里阒然无声，我们都不由自主地看着发疯的老师、发疯的姑姑。我吓得两腿发颤，这正是史东的论调。

老师庞大的身躯在大厅里团团乱转，他的电鞭闪闪发亮，像是缠绕在乌云边缘一闪即逝的闪电。

"斯彭斯，"我低声叫道，"史东的枪在哪儿？把它给我。"

"我们不能打他。他是姑姑控制的。"

"放屁！"我骂道，"你没看见那是迦香吗？"

我从斯彭斯怀里夺过手枪，瞄准老师时，我犹豫了一下，迦香痛苦的脸扫过我的眼前，我咒骂了自己一句，开枪了。

迦香摸摸自己的喉咙。"我没事。"她惊魂未定地说，"我不知道……他突然就抓住我不放，这家伙准是疯了。"

斯彭斯说："也许有人改变了他的程序。"

我们不由自主地对视："烛龙！"

我们一起跑上了通往上层甲板的舷梯，黑暗一片的大厅就在我们脚下摇曳。

我伸手去按DNA门锁，却被猛击了回来。

"怎么回事？"我惊恐地嚷道。

斯彭斯伸手去摸，也被猛击了一记。

"是电。"斯彭斯叫道，"史东更改了门锁程序！"

"可我们一定得进去！不改正程序，混乱永远也不会停止。"我绝望地说。

"可以让我试试。"斯彭斯狡黠地一笑,"你忘了,我是这儿最好的锁匠。"

"不可能,你从来没有成功过。"

"缺少的并不是技术。"黑暗中,我察觉斯彭斯跑下了舷梯,"等着我。"

我把怒火转向一直畏畏缩缩跟在我们后面的埃伯哈德身上。"瞧你和史东干的好事,你这个只会挺着肚子到处捣乱的粗木瓜,你难道就不能找个地方把自己关起来吗?"

"我不知道。不是我干的。"埃伯哈德沮丧地说。

"待会儿再吵好吗,"迦香说,"刚才斯彭斯说底舱里少了四枚炸弹,也许我有点吓晕了,但我只记得底下发生了三次爆炸?"

冷汗从我的脸上冒了出来。"你是说还有一枚炸弹在外面!埃伯哈德,"我吼道,"它在哪儿?"

"炸弹,什么炸弹?"埃伯哈德慌乱地喊了起来,他的胖脸蛋剧烈地哆嗦着,眼眶里含满泪水,"我没有碰过它。"

"好吧,也许你没有碰过它,"我愤怒地说,"那么史东把它放在哪儿了?"

"史东?"埃伯哈德说,"不可能是他干的。我一直和他在一起。"

"你说什么,不是他?"我吃惊地问,"可你知道这儿只有我们几个人能进去——你一直都跟他在一起?"

"——在灯灭了以后。我发誓,我害怕极了。"埃伯哈德可怜巴巴地呜咽着,"我觉得很危险,后来我们就一起到了下面,我没看见他什么时

候拿了那把枪，不然我会制止他的……"

"你那双滴溜溜乱转的小眼睛只能看得到自己的鼻子！"我生气地喊道，"不是史东，那还会是谁修改了姑姑的程序？"

舷梯上传来一阵响动，斯彭斯气喘吁吁地爬了上来，他的手里提着一块又大又沉的黑盒子。

"老师的能源电池，"斯彭斯解释说，"DNA门锁由一台微电脑控制，电子脉冲的能量足够的话，就可以把电脑芯片熔断。"

"电子脉冲？这会儿你上哪儿去搞电子脉冲器？"我质问道。

"怎么啦？"斯彭斯说，"它一准儿在你的口袋里。把震颤器给我。"

空气里弥漫着一股金属烧焦的气味，我们跨进门槛，迎接我们的依然是那些静谧地抖动着的星星图片。但是有什么不一样了。那个巨大的水晶球壁上面的小格已经不再发亮，曾经在那些小格里闪烁跳跃的神秘火花沉寂了。烛龙笼罩着一股死亡的气息。

姑姑死了！这是没有姑姑的飞船！我们突然都有点茫然无措了。

"现在……"我说，一层帘幕罩在了眼前，我犹疑了起来。

"炸弹！"迦香提醒我说。

"对，炸弹！"我说，"得先找到它！斯彭斯，你有什么主意？"

"我想，"斯彭斯眨着眼睛，"我们可以连通姑姑的监视器，然后，然后……该怎么办再说吧！"

我茫然地看着他趴在了计算桌上熟练地操作，桌边上一块积满尘土的铜铭牌吸引了我的注意力。手指滑过冰凉的金属，我读道："船长室。"那么，这儿是不是姑姑的中心，而是人的领域了。我将信将疑地猜度。

"过渡舱，"斯彭斯叫道，"过渡舱上有反应！"

几只蜘蛛正在过渡舱口乱爬乱转，我的心颤抖了几下。这仿佛是一场过去经历过的场面。

"怎么了？"我问道。

迦香扭头看见了我："线路被破坏了，我们打不开它。"

我凑到观察窗前往里看了看。

过渡舱的外阀门向外敞开着，舱内空空荡荡。明亮的光线在舱口倏然而止，外面那儿是涌动的黑暗。

"如果爆炸，会怎么样？"

"我们会偏离航向，你知道，我们是在凭惯性前进……"斯彭斯说。

"不完全是吧，"我颇有几分扬扬自得地插嘴说，"向前发射先锋船，会损耗一部分动力，而且……"

"而且我们都会死掉。"

"什么？"我说。

"这枚炸弹足以毁掉过渡舱，虽然我们可以隔离这块区域，但是从破口处冲出的空气流会改变飞船的航向，哪怕只是一点点，我们也会离开先锋船屏蔽的区域。那时候，就会……"

会砰的一声。秀树说。

先锋船，先锋船就要回来了。我慌乱地想到。那又怎么样，我们能改变它的程序吗？没有时间。没有计算程序。

怎么办？

斯彭斯往过渡舱里望了望；"我们还有15分钟的时间。"

　　我又开始流汗了："什么意思？斯彭斯，你再这样我会疯的！"

　　"15分钟后起爆，"斯彭斯说，"我想，监视器镜头上传过来的数据是这个意思。"

　　"必须有人绕出去。"迦香转过头来看我，我知道自己的脸一定发白了。

　　"别争了，"我说，秀树的影子飘过我的眼前，"我是船长，只有我受过出舱训练。斯彭斯，想办法封锁底舱，别让小家伙们下来。"

　　"还有，"我停了停，补充说，"让迦香也离开这儿。"

　　迦香说："你知道我不会走的，我要留下来。"

　　"你是个傻瓜。"我说道，"斯彭斯，先来帮帮我。"

　　"你怎么出去？"他迷惑不解地看着我从壁柜里往外扯航天服。

　　我回到了那片无边无际的黑暗中，航天服比我记忆中的要沉重得多。时间过去了多少。打开那扇失修已久的过渡舱的门耗去了我们太多的时间。现在没有退路了。通话器里啪啪作响，斯彭斯找不到通讯频率，这在以前是姑姑控制的。

　　我尽量贴在船壁上向上爬去。可怕的黑暗就在我的脚下、我的腰际、我的耳畔翻涌着。远处过渡舱口透出的光线在这团浓黑中像是个召唤迷路人的温暖窗口。我慢慢地接近了它。

　　就在这时，有人在头顶上冲我愉快地打了个招呼。

十一 秀树

我抬起头。秀树那白色的身影正飘在船顶平台上，俯瞰着我。不，他当然不会是秀树，秀树已经死了。

一束电火花在天线支座上闪烁。我穿过暗黑色的面罩，看见了他的脸。

"这不是真的。"我说，摇了摇头。可是他还在那儿，秀树还在那儿。

"我的天，"我说，"这一切都是你干的吗，秀树？不是史东，是你，这一切都是你干的？"一束电光照亮我的脑海，烛龙的门锁里最早就存着秀树的DNA密码。我们都忘了，除了阿域、史东、埃伯哈德、斯彭斯，还有一个人可以自由出入烛龙，就像七年前那儿属于他一个人一样。是他改变了姑姑的程序，是他打开了武器舱，也是他安设的MPB，他把这一切安排得都很出色，也只有他能这么出色。而我们想都没有想到。

小秀树仿佛没有看到我，他目光和底舱里的史东流露出的一模一样，敏感、茫然而没有意义。

我们在舱顶上沉默着。我的脑子里乱糟糟的，不知道该怎么办。麻烦的是我必须干点什么。机会稍纵即逝。这种情形迫使你要开动脑筋，思考。思考是个宝贵的东西，它能汇集信息，一步步地推测出措施和结果。只是——我痛苦地想——我不会思考，不会像秀树一样思考，不会像斯彭斯一样思考。我是一个没有用的船长。现在我该怎么办？

"你应该回去。"他突然开口说话时，我吃了一惊。

"你应该回去，"他依旧没有看我，"这儿不属于你。"

我舔了舔嘴唇，有点拿不定主意："和我一起回去，秀树。别再这么干了，不会有事的。我们大家都希望你回去。一切都会好的。"

"我不在乎。"他口中的自信和冷漠让我打了个寒噤，"你们大家希望我回去？不，是你希望我回去，而你从来就不知道该希望我做什么。现在我自己知道该怎么做。这外面是属于我的，我的。"到目前为止，他的话还有一定的逻辑性，但我发现了一种急躁的、有点儿专横的腔调。

"我做错过许多事，"我痛苦地说，"但是一切都会变好的，我们大家都需要改变。和我一起回去吧。"

"不，不！这一切我已经受够了，"他突然提高嗓门叫道，"我知道该怎么做，我不需要审判。我比你优秀，我总是比你优秀——我总是对的，我应该是你们的头儿。"

"你总是对的。"我低声重复道。他和秀树一样敏感，我伤心地想到，他总是对的。我该怎么办，我要认输吗？

他的身体松弛了一下。"你相信暗物质，"他孩子气地笑着，"暗物质是我发现的，是我，我一直都在寻觅它，而现在我正在发现宇宙的奥秘！阿域，你要是认真思考就会发现，物理学正在把我们带向神的领域，不论是往更巨大还是往更微小的方向，都会到达我们捉摸不定的地方。神不会让我们触及宇宙最深处的秘密，我们不应该去见他。"

"这就是你抗拒出去的理由吗？"我不由自主地想到仍然还在过渡舱里的炸弹，"你害怕面对真实，所以你杀死了姑姑，你还想改变航向，你知道这会把我们大家都杀死吗——"

"不许和我争辩！"他又发怒了。

我停了下来，他不容许有人指出他的错误。"没有人想要争辩，让我们先回去好吗？"

　　"不，"他叫道，从腰间拔出了一样东西，"我不喜欢回去。"

　　我不由自主地后退了一步，那是一支手枪，和史东手里的手枪一模一样。我明白他为什么不想回去了，在这儿他是强大的、有威力的。

　　"你也害怕吗？船长。"他咯咯地笑着说，威风凛凛地拿着那支枪，"这外面永远是黑夜，而你害怕黑暗，不是吗？"

　　"是的，我们大家都害怕了。但是这一切会改变的，只要我们能够……"我在大脑中搜索着词汇，"……能够控制住自己。"

　　他后退了几步，靠在船头那排粗大的弹射架上，他的脸隐藏在面罩后面的阴影里，有一瞬间，他看上去像个无助的小孩："我不想回去，我不想……在外面我能感觉到星星，他会来的，那时候，就不用再害怕了。"

　　"把枪给我，"我哀求地说，向前走了一步，"让我们回去，回去吧。"

　　"不！"他突然烦躁地尖叫起来，"别靠近我，我知道……我什么都知道……姑姑已经疯了，我不毁掉她，就会被她杀死……你们一直在骗我，你们都在骗我。"他挥舞着枪，枪口直指我的鼻尖。

　　没有时间了，我痛苦地想。这时候，我看见他身后有一团火光正在变大，那是披荆斩棘、历尽艰辛的先锋船，它正在回航中。

　　"看哪，星星，"我叫道，"他来了。"

　　先锋1号靠近了，带电粒子撞击出的火花照亮了他的脸。他垂下手臂，茫然地向后张望。

　　"现在，他来了。"他说。

　　我跳了起来，朝前扑去，在这之前，他一直做得很好。但是他没有

受过正式出舱训练，不可能知道安全绳的正确系法——只需要轻轻地扯一下……

可能只是我想象出来的，我听到耳机里一个孩子气的声音轻轻地说了一声，"不"。

我低下头去，躲避那团耀眼的火焰。

耳机里一片嘈杂，突然斯彭斯的声音压过了噪音，他终于找到正确的频率。"喂，头儿，你要小心，我们发现少了一套舱外航天服。也许有人正在外面。"

"这已经不重要了。"我说，慢慢地离开船顶，那先锋1号正猛烈地摇撼着船头导轨。

"头儿，报告你的位置，我们要抓紧。"

"一号过渡舱，正在关闭外舱门。"我报告说。时间稍纵即逝。我以为自己会惊慌，实际上却出乎意料的冷静。

帮帮我，秀树，我在心里默默地说，你会希望我成功的。身后的闭锁螺检撞在了一起，光洁的空气像飞旋的泉水般注入舱中。

"天哪，天哪。"他说。

"怎么了？"

"看你的左上方。"斯彭斯说。

我看到了那枚炸弹。它贴在门楣的下方，仿佛一个不洁的污点。一个红色显示器闪烁着03：14，它还在不断缩小。过了好一会儿我才领悟过来。还有3分钟，我思忖道，绰绰有余。

"开门，把门打开。"斯彭斯在我耳朵边大声叫嚷，"让蜘蛛来处理那枚炸弹。"

"闭嘴。"我一边说，一边脱下手套，蹲下来沿着门边摸索。我觉得自己动作缓慢，反应迟钝，就像是搞多了多巴胺后的感觉。

贴在门上的那个黑家伙就在我眼前，数字在飞速跳动。

终于找到了，我沿着边缘使劲撬开了线路盖板。面对着里面密密麻麻的导线，我几乎要放弃了。

"你能看见吗？斯彭斯，告诉我该怎么办。"

"听着，你要先确定AA/95线路……仍然有效……把K6和……对接，一根合适的线路……"斯彭斯的话又被一阵噪声打断。

"啊！"我简直要失去控制了，一定是那该死的、该死的先锋船带回来的辐射屏蔽。我毫无把握地在维修盖板里一阵乱捅。

也许事情还不是无可挽回，我好像学过这幅电路图，我模模糊糊地想起来，是很早以前的一堂维修课。秀树是怎么说的，紧急情况下……

"……一根合适的线路，一根合适的线路……"斯彭斯说。

我开始一根一根地试着导线。细心的小秀树用激光把所有的导线都烧熔在了一起，好像一幅色彩斑斓的米罗的画。

但是只要开门，只要把门打开！

"快点，快点，"斯彭斯在耳机里叽叽喳喳地叫着，"还有一分钟，一分钟。"

"好了，我接上它了，让姑姑开门！"

门如钢铁浇铸成的一般岿然不动。

"头儿，头儿。"斯彭斯带着哭音喊。

这真可笑，我想，在我干了这一切以后，却让这扇见鬼的门拦住了。

我狠狠地咒骂了一句，冲门踹了一脚。

门摇摇晃晃地开了，斯彭斯和一大帮蜘蛛伴着刺眼的光线冲了进来。

"完了。"我说。耳机里一片尖叫。

我摘下头盔扔在一边，摇摇晃晃地走进了飞船，一只手伸过来扶住了我。

"傻瓜，你不应该留在这儿——"我深深地吸了一口气，没有力气生气了。

她的眼睛里盈满了泪水和笑意。

十二 星星

我推上那扇厚重的铜门，把跟着我喋喋不休的斯彭斯关在了门外，也把一切喧闹、忙乱和光线关在了外面。室内只有满墙的星星幻灯在微弱地闪着光。

我们一言不发，默默地站着。后来我转过身去凝视着控制台上那枚小小的铜制铭牌。"我不明白，为什么是他？"我低声地说，"我不知道为什么是他。他应该是一名好船员。我努力思考过，但是——那枚炸弹……"

"不，不用解释，"迦香打断了我的话，"那已经不是秀树了。"

"你不明白吗……我所干的事情？"我乞求般地说。

"我明白，"迦香说，"我们都会明白的。"

我又沉默了一会儿，然后抬起头说："还会有另一个小秀树的，是吗？"

她有些吃惊，盯着我的眼睛，慢慢地，一丝笑容浮上她的嘴唇。"是的。"她回答说，"在这之前，你将是我们的船长。"

"这不是我的过错。"我说。

"不，不是。"迦香伸手抱住了我，"没有人错，错的是这可诅咒的疯狂的黑暗空间。而且，现在这一切都结束了。"

"都结束了。"我说，在黑暗中低下头去寻找迦香的嘴唇。我看见她的黑眼睛慢慢张开，里面充满了欢乐、惊奇、渴望和敬畏。

我回过头向外面看去。

星星的光芒透过观察窗投在了我们身上，光源很远，但清晰可见；光线是淡淡的青白色，微弱而稳定。

那儿是一个遥远的遗忘了的世界。

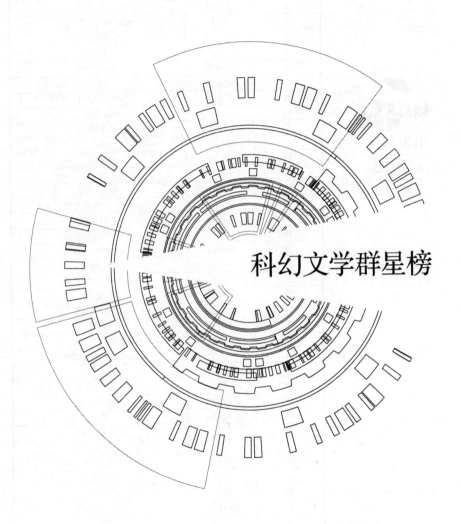

科幻文学群星榜

科幻文学
群星榜
出版书目

序号	作者	书名
1	郑文光	侏罗纪
2	萧建亨	梦
3	刘兴诗	美洲来的哥伦布
4	童恩正	在时间的铅幕后面
5	张静	K星寻父探险记
6	程嘉梓	古星图之谜
7	金涛	月光岛
8	王晋康	生死之约
9	刘慈欣	纤维
10	潘家铮	子虚峡大坝兴亡记
11	韩松	青春的跌宕
12	星河	白令桥横
13	凌晨	猫
14	何夕	异域
15	杨鹏	校园三剑客
16	杨平	神经冒险
17	刘维佳	使命：拯救人类
18	潘海天	永恒之城
19	拉拉	永不消逝的电波
20	赵海虹	月涌大江流
21	江波	自由战士
22	宝树	人人都爱查尔斯
23	罗隆翔	朕是猫
24	陈楸帆	动物观察者
25	张冉	灰城
26	梁清散	面包我的幸福
27	七月	撬动世界的人于此长眠
28	杨晚晴	天上的风
29	飞氘	讲故事的机器人
30	程婧波	第七种可能
31	万象峰年	点亮时间的人
32	长铗	674号公路
33	迟卉	蛹唱
34	顾适	为了生命的诗与远方
35	陈茜	量产超人
36	刘洋	单孔衍射
37	双翅目	智能的面具
38	石黑曜	仿生屋
39	阿缺	收割童年
40	王诺诺	故乡明
41	孙望路	重燃
42	滕野	回归原点